U0030838

李莎的生活隨想

以幸福為底色的人生

李莎——著

自序

這本書裡所寫的內容，是我自 2015 年 9 月 20 日至 2018 年 6 月 17 日的一段心路歷程。

其實自 2015 年下半年中歐國際工商學院最後一門課程《戰略反思與模擬》結束後，我便開始自我反省。我在反思自己和他人的關係，反思自己和世界的關係，反思自己未來的航向。

2015 年底，公司舉辦完全球 VIP 客戶拍賣活動之後，我看著美輪美奐的珠寶，和華麗的貴婦以及西裝革履的 CEO 們，腦海中忽然產生了一種游離的恍惚，彷彿眼前的一切都只是美好的幻夢，甚至整個人生也如霧亦如夢，緣起緣滅還自在。

於是，2016 年初，我下定決心，組織一個工作室，把那些我兒時就感興趣的各種學科再次拿來研究，從心理學和儒、釋、道文化入手，尋求隱於其中某種隱祕的精神共鳴。

林林總總約近十萬字，承載著我這 1001 天裡各種天馬行空的思考與感悟。在這期間我也開設了個人公眾號，以各種大數據心理學和行為學的方式，做成測試題與朋友們互動，其中有些文章的點擊率超過了十萬，這是讓我驚喜的嘗試。

因為後期開始研究更深層次的儒釋道文化學和傳統文化的傳播和教育，無暇再更新公眾號，才開始了最傳統古老、絮絮叨叨式的文字記錄與隨感。

但是無論何種形式，這些文字都真實呈現了我的思考歷程。以此獻給我摯愛的家人和朋友們，因為有你們的支持，才讓我

盡情的學習、探索未知與體驗生活。更將此送給我的孩子們，希望你們長大後，能閱讀到母親的人生片段，或許能引發你們的思考和更完整的了解我。

於我而言，這一千天的日子是起伏跌宕且美好的，這也是前所未有的另一種修行生活。

目次

第一輯

———————

欲既不生，即是真靜

看見你的微笑，就是太陽的懷抱

在這個世界上，有些人你雖然只認識了一天，卻感覺像是認識了一輩子的老友般那麼熟悉，也就是所謂的「白首如新，傾蓋如故」。

而另一些人，即使你們天天在一起，但在思想上、認知上卻是南轅北轍，絲毫無法互相理解，這就是所謂的「話不投機半句多」。

或然率上，極端的情況不會經常在生活中出現。也就是說，我們每個人的一生之中，既有可能遇到那些踩我們的人，也有可能遇到那些幫助我們的人。

就像太陽照在樹葉上會漏下斑駁的光影一樣，有陽光的地方，就必然會有陰影。

只是，我們不能因為陰影，就拒絕陽光。

心若向陽，處處都是美好的時光。陽光下雖有陰霾，但是終究遮擋不住漫天的輝光。

就像是我們在生活中有晴有雨一樣，我們的心靈也是如此。若你能向每個需要幫助的人伸出雙手，這樣的情感就是一種發自心底的善意和無私。而當一個人以自己的無私去成就他人時，會有意想不到的效果。

世事是很玄妙的，你會發現，往往在你幫助別人的時候，也能反觀自己、治癒自己。因為對你而言，他人的痛苦，就是自我的觀照。

每個人生來就是不完整的，我們需要與這個世界融合，才能慢慢修復我們的不完整之處。或許到那個時候你才會發現，你真正想要的和你表面想要的並不一致。表意識上，每個人都希望自己功成名就，但是潛意識裡我們卻發現，功成名就了之後，我們還是一樣會孤獨。我們心底真正渴望的是愛和平靜，那種最本真、最易得的部分。

這世界上有很能自省的人，在幫助別人的過程中，獲得了自己想要的東西，洞見了自己真實的心靈。

這，便是對自身最好的回報。

世事總是會呈現陰陽兩面，前一秒經歷了痛苦和難受，下一秒或許會得到了意想不到的溫暖和善意。

所以，不要輕易懷疑自己，用心去感受自己所做的一切。如果你相信自己是對的，那就堅持下去，終有守得雲開見月明的時刻。

記住人生中那些美好的點滴，它們是足以令人回味一輩子的片段；記住人生中那些善意的瞬間，它們是真正支撐靈魂活下去的養分。

幸福雖然很短暫，但卻又是那樣震撼人心。美好的事物往往是無常的，但是這個世界從不會吝嗇將美好展示給你我。因為有所期待，所以才有獲得之後的那種快樂。

記得我讀過的書裡，有一個描繪「蘇非派旋轉舞」的片段，她旋轉的過程，就是她的自我救贖和自我昇華。她旋轉的過程裡，充滿了痛苦、汗水、迷惑。但是她的舞蹈，卻給別人帶來了歡樂與美好。

當她停下來的時候，雖然她還是她，但是她卻獲得了新生。只有她自己知道，她的內在已經不一樣了。

我們不能等來美好，但是，我們可以在前行的過程中自救。

沒有人生來完美，但是總有人會不斷改善自己。

所以，一切事物的意義不在於結果如何，而在於你以什麼樣的心態去感受生命的歷程。那些令你幸福的、痛苦的東西，當你回顧時，你會發現，它們出現，都有它存在的意義。所有人的出現都是有意義的事，每一片雪花都不會落錯地方。

用積極的心態去擁抱變化，接受和面對新的機遇和境況，你會發現太極魚的轉換，也是心的轉換。既然凡事皆有陰陽，看到了陰之面，就更應該勇敢的去迎接陽之面。

親愛的，你要相信，這個世界就是光明與痛苦並行的。雖然有些人的出現，會讓你感覺世界到處都陰暗潮濕長蘑菇，但總有另外一些人的到來，會讓你感覺陽光明媚，似乎得到了來自四面八方的正能量。

多和那些總是能帶給你正面力量的人在一起，做一個批評家很容易，做一個鼓勵周圍人的善意者卻並不輕鬆。感謝他們的存在。

正如那句歌詞：「看見你的微笑，就是太陽的懷抱。」

有誰知道最美的情感是有所期待

很多人喜歡玩密室逃脫的遊戲，我也是。

其實，密室逃脫不光是在逃生的過程中享受遊戲的樂趣，更在於在這個遊戲裡，可以從人性中尋找答案和探索未知。

當我們被困在密室的時候，誰也不知道我們什麼時候才能找到那個光明的出口。

當我們和朋友一起進入這個遊戲的時候，有的人會率先抵達，有的人會照顧同伴，有的人會在門口就放棄。

逃生的終點，就像我們給自己設定的成就目標，結果雖然是可見的，但是路程卻十分曲折。

記得有一個朋友跟我說，如果他有五百萬元就好了，這樣，他就可以什麼事也不用做，每天都躺在家裡吃喝玩樂。

我告訴他，如果你真的實現了這個目標，你也不會覺得快樂的，因為，快樂的一部分，就在於新奇和未知。

這也是密室遊戲為什麼這樣令人覺得新鮮刺激的原因。

我們總是希望一切如願，其實不然，努力之後，面對未知新鮮的結果，才是一件最令人快樂的事情。

未知那麼令人著迷，以至於可以久久思索和回味。

記得小時候聽廣播，最美好的事情就是，你永遠也不知道下一首是什麼歌。遇到不愛聽的，可以期待；遇到愛聽的，加倍驚喜。因為擁有無限的可能性，才可以啟動人心中那種充滿期待的驚喜。

正如書上提過的，那些關於十一維空間的呈現，會比在三維世界裡的我們擁有更大的力量，因為它們擁有更多組合的可能性。這樣的可能性，給了我們期待未來的無限遐想。

即使我們的選擇都可能是錯的，但一個人的願力總會比業力大得多。對未來充滿希望和心如死灰，哪怕最終結果都一樣，但卻是兩種截然不同的精神狀態。

就像我們在密室逃脫的遊戲裡那樣，吸引我們的並不是密室中那種曲曲折折的障礙，而是我們戰勝障礙之後，逃生那一刻的幸福感。我們不知道前方會有什麼樣的障礙，但是我們知道，我們終將抵達終點。

如果沒有逃生，光有密室，我們就不會再有玩的興致。但是再往深處想一想，如果光有密室，密室裡卻沒有曲折，我們即使從密室中逃脫之後，也不會有什麼快感。

在這個遊戲的過程中，我們就像經歷了自己的一段人生。

不管什麼事，內心有期許，才有開始的可能性。

不管什麼事，堅持做下去，才有實現目標的可能性。

你要相信，這個世界上有很多人在為夢想顛簸，但是能抵達終點，你就是唯一。

一旦開啟你的旅程，就踏實的走下去，不要讓自己留下什麼遺憾。

腦子在一瞬間空空如也，感覺到某種空靈、美妙、絢麗的情感。不！不僅僅是這些，所有關於美好的形容詞，都不足以描繪此刻的感受。

人在一瞬間的通透博大，可以讓快樂幸福的感覺長期持續下

去。上天關閉一扇門，一定會再為你打開一扇窗。珍惜當下能擁有的才是最好的，不念過去，不懼未來。

在未知中找到期待，是人生最美好的體驗之一。

當我們每天都如同一個孩子一般仰望星空，看到這裡那裡的美好，我們才會發現，原來世界還有那麼多未曾了解的領域和知識，以及那麼深刻的體驗感，真是太奇妙了。

當下的路，才是最應該走好的

突然想到一句話：「從命運的角度來看，其實不必奮力走出眼前黑暗的困境，也不必刻意去放大獲得的喜悅，你當下所得的一切，都是我們應當領受的。」

你只需懷著善意和正直的意願，讓這個心念帶著你走就行。你在路上的境遇，每一幀都是風景。

我們總是覺得，自己還可以活得更好些。卻不知，活得更好背後的代價也更大，我們需要付出的也更多。這個社會，努力和回報依然還是成正比的。

不去奢望太遙遠的未來，踏實走好當下的每一步，再回頭時，發現自己已經走得很遠。

不去預設太高的目標，每一步都能超越自我，你會發現，你周圍的競爭者少了許多。

將欲望值降低，所求不多，你也可以變得肆意。

其實，任何主義和宗教的教義，都是指導人向內修行，而不是向外擴張。

一個人只有不再躁動，不再對世界不滿，不再指責他人，而是回歸本心，天性善意的自然表露，才能得道。

其實，一個人最大的認知，是能認知到自己的普通。接受了自己是個普通人，才能最大限度去努力、去超越自己。

你相信嗎，其實這個世界上的大部分人，都是普通人。

每一個普通人都在這樣生活。

認真工作，在專業能力和職業生涯上精進。

持續學習，敏銳的把握時代的節奏。

攢好錢去旅行放鬆，喚醒自己的靈感和激情。

愛一個人，或是愛自己，都是需要心境的。

當下的每一刻，都是在積攢這種實力。

前行的道路雖然有很多荊棘，但是內心有光明，堅持下去就能看到希望，天助自助者，內心有力量的人，一定能依道而行。

不要去渴望那些虛無縹緲的財富，一個人的財富不僅僅需要主動獲取，更多的是需要你能主動付出，付出的越多，得到的才會越多。

在人們讓自己越來越富裕的今天，每個人都該想一想，我為這個社會做過什麼貢獻，為需要幫助的人施予了何等援手。或許當你越來越常這樣思考時，你收穫的遠遠不僅是財富而已。

有時候我在想，宇宙看我們就如我們看蜉蝣一樣，我們看蜉蝣短短一天的生命，如果牠們在這麼短暫的生命中，還去彼此傷害、彼此折磨、欺騙掙扎，我們是不是覺得無奈又可笑？

宇宙看我們的人生大概也是如此這般：人生所有的遺憾都是沒有好好說再見，珍惜每一次的相遇，保持正念在心，只願今生不相欠，來世不相見，這樣的你才能滿滿正能量。

擲地有聲的鏡花水月

多數人從來都不想一個問題：憑什麼你過得比這世界大多數人好？

是因為你的努力，是因為你的聰明？或是因為你很幸運？或是命好？如果你相信幸運和命好都是特別重要的事情，那麼你是否想過這個問題：為什麼你能有這個命？能有這個運？

這個運能持續多久呢？

我想，很少有人會思考這些問題。

那些已經獲得資源的，覺得資源是自己應得的。

那些沒有獲得資源的，很多人想的都是如何把別人擠下去。

其實，人生沒有一樣東西是白得的，如果自己不懂付出，命運可能也會換一個形式讓你付出，這對於每個人來說都一樣。

真正意義上的成長，不可能不付出代價。

說到這裡，忽然想起來，我曾經花了很多時間，仔細研究了市場上的身心靈課程後發現，99%的老師都是技術操作者，而不是開悟者，他們經由語言的描述，是反覆自證的空口白話，並沒有多少實際可操作的部分。

聽到這樣的課程，有時候真為大眾捏把冷汗，要知道，但凡過於神話自己的老師，都會讓人反感！

大眾會被感染，歸根到底，是因為他們挑大眾愛聽的說罷了。這種發心不是真正的想要幫助別人，而是為了自己賺更多的錢。

曲解和曲意了很多課程後的我，忽然想明白一個道理：一個通靈者往往很難成為開悟者，而通靈者因為天生的能力，卻能獲得很多意外的收穫，因此他會漸漸的習慣於使用這種能力，去幫助自己和他人。

通靈者的本身，是靠獲得一些答案和景象來做直接的判斷和處理，無法昇華到思辨的高度，因此古今聖哲極少有通靈者。

比如，金錢是很重要的，每個人都要依靠金錢工具才能生活，但我不會過分神話這些工具，以賺錢為唯一的目標。如果一個有錢的人心靈空虛，缺乏靈魂的厚度，我也喜歡不起來。

也許像很多人所說的一樣，真正的生活並不完全需要金錢締造，而是要扎根生活本身，理解生活的內涵。

只有這樣，我們才能獲得心靈的平靜。

我喜歡有品質追求的人，盡自己所能讓自己過得好，這是一種本事。但當一個人擁有金錢與社會地位的同時，她所擁有的靈魂氣質也應該齊頭相當。

他們應該看到更大的世界，深入理解這個世界的本質。

只有這樣，他們才能分辨出什麼是堅實的內核，什麼是鏡花水月、過眼雲煙。

多與喜歡閱讀的人交流，你也會愛上提升內在，追求平靜；多與旅行者交流，你也會擁有一顆想去發現更大世界的心。

一個人出身卑微，他也能深入世界的本質，那些明星們的氣質與優雅，在閃光燈下被無限放大，他們的一舉一動，哪怕網路上用錯成語、打錯一個字，都會被網友們糾正。

事後的道歉都是無用的，當然這也是有的網友得理不饒人。

　　但有很多被扒出來學歷不高、拍戲片場坐姿不雅之類的照片時，確實足以讓不明真相的群眾驚掉大牙。

　　然而為什麼人們這麼看重明星們的形象氣質？說到底，明星就是形象的代言人。他們在網友們的心裡已經被高高舉起，如果一旦形象落地，就與普通人無異，那人們怎麼還可能花那麼多錢去追星，收集他們的海報和各種照片？

　　因為他們的形象好才可能成為明星，他們的工作就是在鎂光燈下被人們欣賞，所以必須做到無與倫比。

　　如果能通靈又開悟當然是最好不過，但人總是往往有了前面的甜頭，就不願意再進行艱苦的思辨和修行，因此最終能夠開宗立派的，往往都是開悟者。如果通靈者們意識到這一點，而不放棄思辨的修行，他們應該更容易接近宇宙的本源。作為通靈者，請永遠永遠不要放下思辨！

　　我們每個人都要提醒自己保持良好的心態，盡量不要發脾氣，不要有負面情緒和負面能量，當周遭負面能量累積太多，一定會有反噬的力量，結局只能是傷人傷己。

情緒是庸人的避難所

　　常有人問，生活中應該如何自我修行，自我修行應當從哪裡入手？我想，真正的自我修行主要有兩點：

　　第一，浩然正氣；

　　第二，養神為佳。

　　正氣浩然可以心生寧定，養神神滿則可天機深藏。

　　用了一下午的時間讀書，沉浸在自己的世界裡時，彷彿已經感受不到任何時空和時間，這種專注的感覺真好。感覺不到身體，只有意識存在，沒有焦慮的侵擾，只有神性的閃光。為什麼要渴望這個無時間性和無自我性？因為自我一消失，就可以窺見靈魂；時間一消失，就可以窺見神性。

　　電影《大亨小傳》（《The Great Gatsby》）中有一句經典的話——這個世界上的人並非都具備你擁有的條件。

　　人與人之間千差萬別，我們每個人都應明白，每一個人的離去都是正常的，生命中唯有孤獨才恆常如新。

　　曾經看到過一個故事：

　　曾聞章太炎白天工作，晚上入定到另一個空間去做某神的助手，他看到受苦的人刑罰太重時，就和某神提出，看看能否減輕刑罰。

　　神說，你自己去看，他去看完之後才得知，都是那些魂魄在自我刑罰，沒有別人。

　　他想，這是什麼原因呢？或許世界真的就是我們內心的映

射，那些新死之人，假如他的靈魂活在自我創造的夢幻世界裡，有辦法讓他醒來嗎？那些所謂往生到淨土的，是否也是自我創造的夢境呢？

曾聞有一位大師，在生時神通很厲害，名氣也很大，但到了自己大限來時，自己內心沒有把握，還要請別人幫忙。

對於自己來說，既往也瘋一樣的追求神境，但真正的修行，是要看破自我的幻想。

神通是因為有身體的原因，身體要是壞了，神通也就廢了，這個時候，只有業力。

假如這時你能看透頭腦的幻象，那才是一個自由人。

一個人有多厲害，最後看他如何走，就可以看到了。

所以真正的修行，還真不是那些神奇的體驗和所謂的神通，而是看透幻影的智慧。知道什麼是我們可以掌握的，知道什麼事是我們無能為力的。

在我們能掌握時，奮力前行；在我們無能為力時，坦然接受命運的安排，不會露出猙獰的姿態。

在這場與生活作戰的過程中，每個人都有自己不得已的苦衷。你不想被生活拋棄，不想自己被淘汰，所以無時無刻都活在自我催眠中。

強大起來你真的就幸福和無所不能了嗎？其實我們都曾這樣想過，但保障我們可以安生的並不只有物質，而是一種平衡的生活狀態，是你在任何時候都不會忘記虧待自己。

所謂的體面生存，不是你可以買名牌、吃大餐、嫁入豪門，是你有篤定的生活目標和方向，不管在任何時候都能抬頭挺

胸。就算兵荒馬亂，我們也能穿透各種表像，發掘出生活的內核。那種被焦慮、情緒和不安纏繞的狀態，在看透了幻象之後，不會對我們造成任何傷害。

　　如果能安然自處，在懸崖頂峰也如履平地；反之亦然。

給一顆無邪的心

有一句古話：「天道有輪迴，蒼天饒過誰。」其實，人生沒有一樣東西是白得的，如果自己不懂得付出，天道也會換一個形式讓你付出，對每個人都一樣公平。

我經常捫心自問：如果只會收穫，卻不懂得無私付出，那麼所謂的幸運和福氣都是曇花一現。

這個社會不缺道德綁架，不缺碰瓷爛人，更不缺道德底線都沒有的人，也不缺絲毫不懂得感恩之心的人。如果傳統價值觀被摒棄，那至少該相信舉頭三尺有神明吧！

覺知覺知，在平淡無奇的日子裡，在痛苦裡，能保持覺知，保持內心的平靜，才是正道，才是真工夫。每個人都有兩個自己，一個是 I，一個是 Me，我們常常為了做別人羨慕的 Me，而忽略了內心真正的 I。

「做了喜歡之事，因為你所愛之事才能激發你的最大潛力。」忽然想起廖老師總是用溫和的聲音告訴我們：一切都是最好的安排。

若父母用自己的全部認知去教育孩子，最好的情況是，孩子也不會超過父母；若父母對孩子的靈魂心懷敬畏，只是給予關注、陪伴而不打擾，孩子會自然成為大眾眼中的奇蹟。你過去走過的彎路，可能正是孩子未來開拓的藍海。孩子的出生，是要來引領我們回歸心靈的生活。

培養一個優秀的人不難，前提是父母不用自己僵化的、自以

為是的頭腦試圖教導孩子。

「大學之道，在明明德，在新民，在止於至善。」大學即是學大，學大即是學天。天有好生之德，使萬物始終生生不息，《易經》說：「大明終始。」終始之德謂之明德，是以學大的首要，在於明悟生生不息之德，此即「在明明德」。

「天行健，君子以自強不息。」人也應該日新又新，此即「在新民」。日新又新，不到至善絕不停止，此即「在止於至善」。

老師說：「善良不會給你帶來災難，但是愚蠢會。」

很多人說好人沒好報，這句話後面有更多的自我反思。中國歷史自古從來不缺豪傑賢人，但是全身而退能有幾人？大多是因為「忍不住、捨不得」。

她所說的善良和愚蠢，並不是一個人的發心，而是，一個善良的人，也應該懂得行善的方法。

畢竟，善良這樣高尚的品質，與愚蠢有時候只有一線之隔。

比如，如果一個人需要你不斷示好，才能換來別人對你的認可，你是不是應該要反省一下自己的行事方法？

如果有的人他們就算什麼都不付出，卻依然可以換來家人的喜愛，但你的親人朋友除了在你的身上不斷索取，並沒有注意到你出色或者優秀的地方，你的善意是不是就被別人誤解了？

其實，真正的智慧，就是知道該用什麼樣的方式行善。

如果做不到永遠的一百分，一開始就不要做得太滿。

無論是對自己的家人還是朋友，你的體貼懂事只會換來變本加厲。

　　當有一天你發現自己無能為力的時候，卻不會有人心疼或注意到你的受傷，因為你從來沒有主動告訴別人你的委屈和難過，他們又怎麼理解你的不易？

　　這個世界就是這麼不講道理，人們也只能按照一慣的常理來對待。

　　我們可以天真無邪，卻不能一無所知。

　　無邪的心，更需要堅硬的外殼，才能牢牢防住。

湧動暗香的幸福

不管多大的風雨襲來，當你走過來回看一下，不過如此而已，這是領略美好所要經歷的過程。

上蒼不會讓所有幸福集中到某個人身上，得到愛情未必擁有金錢，擁有金錢未必得到快樂，得到快樂未必擁有健康，擁有健康未必一切都如願以償。保持知足常樂的心態，才是淬煉心智、淨化心靈的最佳途徑。

一切快樂的享受都屬於精神，這種快樂把忍受變為享受，是精神對於物質的勝利，這便是人生哲學。世界是自己的，與他人毫無關係。

蘇菲聖者阿比‧哈耶耳（Abi l Khayr）說過：「沒有地獄而只有自我，沒有天堂而只有無我。」

最終塑造我們的，是我們所經歷的那些艱難時光，而非浮名虛利。我們所經歷的每一次挫折，都會在靈魂深處種下堅韌的種子。我們記憶深處的每一次苦難，都會在日後成為支撐我們走下去的力量。人最大的魅力，是有一顆陽光的心態。

心無所求，便不受萬象牽絆，心無牽絆，坐也從容，行也從容，故生優雅。一個優雅的人，才是魅力十足的人。容貌乃天成，浮華在身外，心裡滿是陽光，這才是永恆的美。一個獨立完整的人格，其本身所應具備的品質，便是擁有獨立自主的價值觀。

自卑的人才會迫切想要活給別人看，自信的人通常都是透過

努力去實現自我，演繹自己人生的精彩。你沒必要活成所有人喜歡的樣子，也永遠活不成所有人喜歡的樣子。

從小到大，耳邊總有一個「別人家的孩子」在跟你爭寵，所以你沒有驕傲的理由。你再怎麼努力也達不到驕傲的標準，以至於我們都開始模糊「驕傲」究竟是個什麼鬼？

相信你我都一樣，都是這樣小心翼翼的長大。

這世界上有多少個天才呢？屈指可數吧。

大多數人都是普通人，卑微的、小心翼翼的活著。

或許你不知道的，你所擁有的，也是別人羨慕的。不管我們站在哪裡，也不管我們的方向在哪裡，需要知道的是，問題永遠沒有我們所想的那麼複雜，命運也不會真的虧欠了誰。

我們自己，才能成就最好的自己。苦的多了，才會知道甜的味道；痛的久了，才會珍惜幸福的時刻。

感慨和抱怨，永遠都是最沒用的，不如艱難前行，哪怕前方根本看不到路，那又怎樣？生活總歸不會是太糟糕，我們的生活不過是一個否極泰來的過程，曲直都經歷過，才會看到更多風景。

總是在笑得最燦爛的時候心生恐懼，怕幸福突然遠去，於是，小心翼翼的掂量著幸福，生怕有一天幸福離開時自己太過狼狽。

可是，沒有五味雜陳的經歷，又何來感受幸福的那一刻？或許，太在意別人眼中的自己，就會時刻帶上微笑的面具，然而，面具之下，無人知曉的是抓不住幸福的悲慟。

我們總想尋找最好的自己，然後遇到最好的那個人，慢慢

的，我們遠離了自己的本性。

　　或許我們用了很長時間才發現，自己丟的已經找不到了。可卻忘記了，最真的自己往往就住在自己心裡，而只有做回自己，才能體會到人生的美好。

橫笛偏吹行路難

　　無論是悲歡離合還是愛恨情愁，不過是一場又一場不同的劇本，我們要從中學會修行，更要懂得成長，不斷與世界與自己和解。

　　人到了一定年齡，就要學會一件事：與自己和解。與那個別人眼中的自己和解，與那個必須怎樣的自己和解，與那個天命所歸的自己和解。

　　接受人生的無常，接納生命的缺陷，然後「嬉皮笑臉，面對嬉笑怒罵的難」。

　　那一日，汐在窗沿邊看書，沏了杯茉莉小仙的茶，空氣中瀰漫著茉莉特有的芳香氣味，帶著熱水翻滾的霧氣，一切都是生機與希望。細細品味著那句詩詞：「眾鳥高飛盡，孤雲獨去閑。」好不自在。

　　午間，忽有位朋友的朋友來訪，這突如其來的到訪，讓不愛社交的汐有些不自在，局促著幫對方拿了瓶礦泉水，甚至都沒有想到與她共用那壺茉莉小仙。來者也不意外，淡淡的點了點頭說到：「老師，我想請教您件事情。」

　　曾起何時，「老師」這個詞已經氾濫成災，見誰都是「老師」，但是汐還是喜歡聽這個詞，因為她確實當過大學老師，所以也算是得當的稱呼。

　　來者提及，她認識另一位「老師」說，她丈夫未來幾年會有官司纏身，甚至有生命之危，讓她心裡很不舒服，對方提出的

解決方案，就是灑重金擺一個陣，這樣就可以化解這個難。

汐聽了，心裡明白了七七八八，無非又是這套說辭，但是鑑於對方真心求問，也就耐著性子，像個阿婆一樣苦口婆心的解釋了一遍：

基於這個情況，我在想，其實你不需要太擔心你先生過幾年有問題的事情。因為我看了他的八字和紫微，雖然那些年分確實有一些波折，但絕對不至於像你認識的那位「老師」說的那麼嚴重，這是我的看法。

其次，有些事情不一定是單方面去看的。我認識的高道、活佛裡面，幾乎沒有人說幫你做一個法事或者給你擺個陣，你的問題就能過，那基本上是不可能的，因為「再大大不過因果」。

滿天神佛也都畏懼因啊！怎麼可能這麼容易完成？如果一個人能夠幫你擺一個陣，就把你的官非災難各種全擋了，那他不跟神佛是一樣？那樣子很多財富都不會死啊！但是為什麼這麼多人都會面臨這樣事情？

很多災難並不是你做一個什麼就能過的。如果你覺得他做法事能過那個劫難，你還不如把這些錢拿去捐資助學，幫助更需要的人。拿去扶助老弱病殘、修建道觀寺廟、建橋鋪路、積累陰德功德，這些效果肯定比你去擺一個陣要好得多。

而且我一直不認為，不好的年分就是絕對的不好，就像今年在我的流年裡面也是很不好的年分。如果按紫微來看，我是武曲雙化忌，武曲雙化忌肯定就代表這個人今年財運很差，我知道之後今年就不要投資，不要買股票，儘量減少損失。

但我還是很努力去工作，我把努力工作賺來的錢捐掉，或者

把它給更需要的人，我幾乎到今年為止，所有賺的錢自己沒有留，全部都捐給別人了。這就是因為我知道武曲雙化忌，因此就把錢用在更有價值的地方，以這樣的形式花掉。

但是同樣的，有不好的一面就會有好一面，上天很公平，比如說今年我文昌就很好，利於學術，下個月就有一本我撰寫的書就要出版了，我知道今年文昌好，我就要更努力去工作。

其實很多時候，人們知命的好處就在於順應命。把不好的事情降到最低，把好的發揮到最大限度，所以這才叫「知命應命」。

命有起伏是正常的，人都沒有一帆風順，陰陽本來就是一體，但是如果給自己心裡埋下了一個不安的心念，覺得這個事情就一定不好，一定會怎麼樣，其實是沒有必要的，因為所有的事情，都是有好有不好的。

而且很多事情都不一定如想像中那樣呈現。我們只能說程度，這個東西也是可以改變的。軌跡你不能改變，但程度你是可以改變的。比如一個人他不去行善積德，他可能會被汽車撞，然而即使他行善積德，他還是會被撞，只是變成被自行車撞，讓他損傷的程度改變了很多。

所以還是回到修身修心，才能夠把很多福報積累下來。根本不需要在意所謂幾年好和幾年壞，就算有些人好運爆發，可能下一年他賭錢就會破產，這個沒有意義的，關鍵看自己的品行和德行。

最後一點，道貴長生，所有的事情只要長遠去看待，基本上就沒有太多的天災人禍。以上建議給你參考。

汐說完上面平實而絮叨的文字，默默的喝了口茉莉小仙，看著對方蒼白的臉孔，竟也找不到其他可以寬慰的詞句，只是靜靜的低頭坐著，看著茉莉花在熱水中綻放和翻滾。嘴中低語：「花落花開自有時，總是東君主，去也終須去，住也如何住。若得山花插滿頭，莫問奴歸處。」

看著窗外的靜謐，不知明天上天又會送給她一個什麼樣的劇本。

第二輯

和光同塵，清靜自在

和光同塵，清靜自在

　　努力是回報自己最好的方式，展開各種姿勢的學習狀態，學以致用，才是不讓生命無意義消失殆盡的最佳選擇，東、西方皆如此。

　　何為君子？自省吾身、常思己過，不忘初心，方得始終，和光同塵，清靜自在。

　　羅曼羅蘭曾說過：「世界上只有一種真正的英雄主義，就是認清了生活的真相後，還依然執著的熱愛它。」

　　理性之美在於能放下情緒中的利己和排他主義，能將時間軸拉得更遠來看待問題，能不計較一時之得失，能不在困難和威脅面前妥協，能放下情緒的困境尋找合理的方式。

　　今天看到一本西方古書，裡面有一個口訣，簡單翻譯便是：「但凡有能力還債而不還的人，運氣和身體都會變得越來越差，而且一定有其他財物方面的損失。因為舊債不清，新財不來，那個聚寶盆的門是關的。」

　　所以明明有能力償還而不償還的人，對於自己而言，那更是得不償失。

　　早上看著他的文字，真美好。「記得早先少年時，大家誠誠懇懇，說一句是一句。清早上火車站，長街黑暗無行人，賣豆漿的小店冒著熱氣。從前的日色變得慢，車、馬、郵件都慢，一生只夠愛一個人。從前的鎖也好看，鑰匙精美有樣子，你鎖了，人家就懂了。」——木心《從前慢》

「不同的人生，並沒有高低之分，你選擇，就得到眼下的結果。心靈擁有其自我棲息之地，在其中可能創造出地獄中的天堂，也可能創造出天堂中的地獄。」──約翰‧彌爾頓（John Milton）《失樂園》

咬定青山不放鬆，立根原在破岩中。千磨萬擊還堅勁，任爾東西南北風。（我喜歡，人永遠不該被困難擊倒！）

《約翰福音》8-7：「文士和法利賽人帶著一個行淫時被拿的婦人來，叫他站在當中，就對耶穌說：『夫子，這婦人是正行淫之時被拿的。摩西在律法上所吩咐我們，把這樣的婦人用石頭打死，你說該把他怎麼樣呢？』他們說這話乃試探耶穌，要得到告他的把柄。耶穌卻彎著腰用指頭在地上畫字，他們還是不住的問他，耶穌就直起腰來，對他們說：『你們中間誰是沒有罪的，誰就可以先拿石頭打他。』於是又彎著腰用指頭在地上畫字。他們聽見這話，就從老到少一個一個的都出去了，只剩下耶穌一人，還有那婦人仍然站在當中。

「耶穌就直起腰來，對她說：『婦人，那些人在哪裡呢？沒有人定你的罪嗎？』她說：『主啊！沒有。』耶穌說：『我也不定你的罪，去吧，從此不要再犯罪了。』耶穌又對眾人說：『我是世界的光，跟從我的，就不在黑暗裡走，必要得著生命的光。』」

永遠不要隨便做衛道士，不是指責了別人，自己就是正確的好人，這個社會太多人愛橫加指責他人，卻永遠不會內觀，省視自己。

生命是一場漫長的告別

生命是一場漫長的告別。我們每個人和每個人都是漸行漸遠的，請珍惜身邊的人，珍惜當下的陪伴，雖然我很少說這樣矯情的話，但事實便是如此。

對夢想的追求，永遠都不應停止，否則人生就失去了光彩和意義。人生的哪一次夢想不是從天高地厚開始呢？如今，你青春未老、面容姣好，你親人在左、友人在右，如何敢將這頹唐繼續？不要忘記，過去的你多麼努力。

你說讀書不只是為了賺錢，是為了遇見更好的自己；你說跑步不是為了刻意減肥，是為了有一個健康的身體；你說那些跟金錢毫無掛鉤的愛好，是你對生命的尊敬，是幫助我們梳理浮躁心情、激發潛在靈感、探索靈魂深處的奧祕。這些，曾經都是你帶給我的精神洗禮，是我偶爾消沉時的動力。

這就是夢想。夢想，不一定是大家眼中的事情，夢想是自己心中的藍圖可以實現，在堅持再堅持之下完成的夢想，就是最值得感動和尊重的事情。

在做事的時候，把興趣放在第一位，而把錢只當作副產品，這是面對金錢的一種最愜意的自由，當然，前提是錢已經夠花了。不過，如果你把錢已經夠花的標準定得低一點，你就可以早一點獲得這個自由。

我接受你是你，但不表示我要接受你的剝奪；

我接受你有你的情緒，但不表示我要受你的情緒傷害；

我接受你有你的限制及需求，但不表示我要被你濫用及依賴；

我接受你有你的渴求，但不表示我要被你消耗；

我接受你有你的不足，但不表示我要一直受你要求；

我接受你想只做你自己，但不表示我必須消融我自己。

如果我容許你的占用及侵入、索取及消耗，

那麼是我容許了負向迴圈的發生，

並鞏固他人只需活在自我中心的陶醉世界，

失去了現實感，

忘了生命本該自我負責及承擔。

人本主義心理學家 Tim Kasser 做過一項研究，物質充裕對於幸福感的影響不大，當基本物質滿足之後，幾乎不會影響我們體驗到的幸福感。但是的確會影響到我們幸福感的，是「時間充裕」，就是我們感到有充分時間去做手頭上的事，並享受正在做的事，而不是東奔西跑，做很多事時，才會最大限度體會到幸福的感覺。時間充裕的人，往往容易獲得幸福感。

很多人出現在你的世界裡，有的人和你談一場戀愛，你覺得戀愛的時光特別幸福珍貴；然而當有人和你結婚，成為你的家人時，反而會陷入一地雞毛，變成了互相消耗。

其實就是因為婚姻中，我們過分滿足了，忘掉了戀愛時患得患失的狀態，感覺上才會有這些差異。

仔細想想，談戀愛的人，雖然會停下來陪著你，卻不會改變自己的行程，他隨時都可能啟程；結婚的人，會放棄之前自己

的路，願意和你走同一條路，無論路途多麼遙遠和崎嶇，他會陪著你；當然，或許與你結婚的人無法陪你走到最後，或許是退縮了、膽怯了，或許是離開了、走散了。

陪伴一時很容易，但陪伴一生、不離不棄，卻是一件十分困難的事。把瑣碎的小事重複做好，就是修行。陪伴一生的人，就是重複做著瑣事的人。

我們很多時候都像是個小孩，禮貌的對著路人，無理的對著家人；主動與路人寒暄，卻傲嬌的等著家人歸來。

追逐自己想要，我們即使不學，也是一件天然就會的事情。但是，學會和那些生命中無法得到的美好告別，才是我們一生的功課。只有放下虛妄的等待，我們才能擁有更加充裕的心靈空間，體悟到更大的幸福。

從這個意義上而言，少即是多。

在漫長的一生裡，我們等待長大，等待衰老，等待著一個人的歸去。在漫長的一生裡，我們和各式各樣的境遇告別，孤獨來到世上，再孤獨的離去。

除了我們的心靈，我們從來都不曾真正占有過這個世界。

內心深處的聲音

第一次看電影時開啟了全新的感知模式，看到了一位朋友內心深處的聲音，這個祕密花園由對方傳送的能量場做鑰匙，打開了另一個大門，那時，好像時間、空間都凝固了，如盜夢空間一般未知的世界真神奇。看完了陳坤的《火鍋英雄》，現在看《睡在我上鋪的兄弟》，一個人開啟兩部電影模式。

最近看了三部戲，有一部很好，《飛鷹艾迪》（臺譯《飛躍奇蹟》）看得我淚流滿面，久久不能平靜心緒。夢想是需要堅持下去的，如何開始不重要，如何結束才最重要。

另外，《火鍋英雄》可以當娛樂片看，三個男主角賣足了氣力，讚一個義氣，讚一個兄弟。

但是，我懷疑《睡在我上鋪的兄弟》的編劇是不是臨時工，實在差到一種新高度，完全騙錢的片子。編劇和導演，你們就算不能走心，走個腎行不行啊！怎麼能整出這麼爛的片子。

《冰河追凶》確實是個演員比導演精彩許多倍的影片，請問北影的導演系和編劇系都是體育老師教的嗎？從影片一開始，佟大為就開啟外掛模式，好萊塢大片的套路，絕不用槍。

哥就愛用手打，劇中可吐槽的編劇漏洞多到令人驚歎。包括王建設老婆那張整容過度的臉，還有周冬雨超級花瓶，特別是後來員警設立路障抓凶手，簡直就是浪費警力。

一輛綠色半新 NISSAN 皮卡，在四輛福斯 2000 面前化身變形金剛。開始鄉村雪地模式，最有趣的是你發現一切畫面都很

眼熟，只是好萊塢大片是路華、寶馬、賓士之間的模式追車，在此片換成了 NISSAN 和福斯。

一串可以的特寫：一個 OK 繃、一串號碼，痕跡太明顯了。請問投資方，像梁家輝這樣的好影帝，難道不用報酬？怎麼忍心讓這樣的編劇和導演來虐待他？好吧！劇中唯一亮點就是 90 分的梁家輝，10 分佟大為，其他請忽略。

另外，東北員警個個都是冰泳好手，救人水準一流。有槍堅決不用，一定要和凶手採取赤手空拳的較量。雖然我想儘量忍住不再吐槽，避免影響我接著看下部電影的心情。

最後想說，我們需要勵志，但我們不需要稀釋的雞湯，不需要變質的雞湯，更不需要借著現實名義、實則完全不尊重現實的雞湯。

我們需要的是，真正從現實邏輯出發、散發著現實真正質感的勵志故事，需要能反應出現實的複雜性，卻又能從中看出希望的真誠故事。

陽光心態養成記

開朗、樂觀、豁達、寬容這四項特質，是長壽的主要原因。2009 年諾貝爾生理學獎得主伊莉莎白・布萊克本 (Elizabeth Blackburn) 等總結出的長壽之道是：人要活百歲，合理膳食占 25％，其它占 25％，而心理平衡的作用占了 50％。

下過霜的柿子才會甜，人也是經過磨煉才會成熟。

人最大的魅力，是有一顆陽光的心態。心無所求，便不受萬象牽絆；心無牽絆，坐也從容，行也從容，故生優雅。一個優雅的人，才是魅力十足的人。容貌乃天成，浮華在身外，心裡滿是陽光，才是永恆的美。

多大的風雨襲來，當你走過來，回看一下，不過如此而已這是領略美好所要。

無論怎樣，永遠不要輕易去傷害別人，但如果別人傷害了你，你也沒必要強迫自己去假裝大度。如果原諒一個人不是出自於內心，那麼對別人來說就是欺騙，於自己而言就是背叛。

有時候，不報復就是最大的大度，不忘記則是對自己最大的保護。

什麼叫永生？到第四維沒有開始沒有結束，就沒有生沒有死了，這就是永生，所以縱向提升維度是生命的唯一方向。說到底，一個人最重要的就是他的性格，他在短暫的一生中，到底是過得悲傷苦楚還是快樂自在，完全是由他的性格所決定。

因此，一個人過得幸不幸福，與原生家庭的環境有關，與他

後來的婚姻環境有關，但是，最至關重要的還是他的性格是否良好、是否堅強。

也就是說，好性格才是人一生最重要的福音。不過，性格也不完全是與生俱來的，而是很大一部分是緣於後天塑造。都說是性格決定命運，在這一點上，有一個前提，那就是後天的塑造與習性養成決定性格。

生而為人，要不停的修補自身性格的殘缺，要在坎坷的磨礪中讓自己更加圓滑，但又不要遺忘掉初衷。不管是在為人處世上，還是在婚姻家庭中，過於懦弱和過於強勢，都必然會讓自己遭受傷害。相反，好的性格往往才能夠適應各式各樣的環境，能夠在坎坷與危難之時，給自己找到最好的退路。

漫長的人生不會是一帆風順，許多挫折和不幸總會讓人疲憊不堪，如果沒有隨遇而安的性情，如果沒有堅強的心，又如何度過這未知的人生呢？

讓簡單重回到自己身邊

每到清明節祭祖時，我總是想起去世多年的外婆。

在我眼中，母親的形象有兩種：一種是如我母親那般，對子女無微不至的照顧和愛護，將母性的功能發揮到最大，以至於長大後每每想起母親都是溫暖和幸福的感覺；另一種則是如我外婆一般，知識結構廣泛，熱愛學習和工作，其心性及思想領域都豐富的獨特風格。

這兩位女性在我成長的過程中，都潛移默化的影響著我。

長大後，追憶起外婆的形象時，眼前浮現的都是她充滿知識和持續學習的樣子；追憶起母親的品格時，眼前就是她溫柔可親的樣子。

說起來，我的外婆是一個有豐富內涵的女性，她保持著終身學習的習慣，一點都不會令人覺得乏味。這種用知識與修養供養出來的內涵，令人如沐春風。她離開很久後，我依然懷念與她相處的日子。

當然，我也自知自己的心性耐心，無法做到我母親那般的細緻周到、愛兒女甚過一切，甚至包括自己。因此，我希望自己能成為第二種母親的形象，希望自己也是豐富的、不令人乏味的母親，希望自己的一些特質也能成為子女的榜樣。

相較於母親，愛閱讀的外婆顯得更加豐富醇厚一些。

豐富，並非是複雜，而是如同富礦一般，永遠也不會令人乏味，永遠能讓人從她身上發掘出全新的亮點。

事實上，越豐富的人，往往活得越簡單。

一個人按照自己本來的樣子行事、作為，這是需要底氣、底蘊的，只有一個充分相信自己、並清楚知道自己價值所在的人，才敢於向人坦露自己的真面目。

人生從來沒有真正意義上的完美演繹，自己的遺憾和缺陷，有時往往是自己最好的保護傘。

外婆的豐富，就建立在其天真上。因為她的天真虛心，才能如大海一般，海納百川，通透無比。即便是在幼時，外婆也從未將我們看輕，她會和我們聊地緣政治、聊歷史、聊國際局勢等等。現在想起來，我能記起的，是她蒼勁有力的一筆小楷，及保持終身的閱讀習慣，那些張家長李家短、眾人閒話，日常之時我從未在她口中聽過，她總是親近哲學、文學的話題，絕不會論道他人的功過是非。

家庭成員才是孩子真正的老師，一個人真正成長成為什麼樣的人，離不開家庭的薰陶和潛移默化。時至今日，有很多家長都懷揣著望子成龍的願望，但是他們不知道的是，真正意義上的成龍，是言傳身教。

一個好的榜樣，即便已經香消玉殞，但其留在人間的愛和美，依然照耀著後人。

領悟根本，才能袪痛

少女爭桑、公子爭城、王侯爭國，今天讀到「吳楚之爭」的初始，只是源於這樣一個故事，真是「眾生畏果、菩薩畏因」，天道也。

學習歷史和易經，不是為了知道過往、哪一年發生了什麼事情，其實只有一個目的：了解歷史和自然的規律演變，以此推演和預測未來。

沒有一個人是住在客觀的世界裡，我們都居住在一個各自賦予其意義的主觀的世界裡。

自古修道都沒有捷徑可言，現代很多年紀輕輕就出家的人，他們中的大多數人是在找一條避世的門徑，並非想透過修行來掌握萬物運作的規律。精神恍惚的年輕人，在社會上碰了壁就一蹶不振，試圖透過隱居終南山找到生活的意義，但最終，這段經歷不過在他身上抖落了一身虛無主義的灰而已。

現在很多 90 後，在社會上碰了一點挫折，就喊著要出家入佛求道，看多了修仙類網路小說，想像的都是御劍飛行。自己沒有道心、沒有道念、更沒有善心為蒼生，只是為了逃避。修行也不好好學習道教知識，整日無所事事浪費生命，這些人真是辱沒了「修行」二字。

努力務實做事就是修行的方法之一，紅塵煉心。只是求神拜佛點個香，逢年過節求個福，就說自己修行了，也不看看自己的為人處世，那就是增加 PM2.5 加上自欺欺人。踏踏實實的

做事做人，點滴皆修行，自勉之。

　　不斷的去完善固有理念，才能獲得新的真知，這正是所有學科迷人的地方。不斷的學習完善，錯了就推倒再來，錯誤不可怕，可怕的是死不認錯。不斷探究未來與未知，本身就是一件令人幸福的事情。

　　人最終都要走向對於人生的探索和自我意識的發展，中年人的四大價值，依次是自我更新、建立歸屬感、掌握知識和建立人脈。

　　在這個紛繁複雜的世界生活，一定要堅強。不要輕易的流淚，不要獨自哭泣，不要企圖找人傾訴，不要用軟弱的眼淚去博取同情，因為大家的同情根本不會改變任何現實。就算全世界人都覺得你可憐，你的境遇也不會被改變，能夠改變自己的只有自己。再柔軟的心都應該有最堅硬的地方，那個地方是自己遇到傷害時，自己的避難所。

　　對於傷害，我們可以不去原諒，我們可以一笑泯恩仇，但最重要的是，我們要從中吸取教訓。

　　當我們被傷害第一次的時候，一定要告訴自己，無論如何，不能再被傷害第二次。因為人只有自尊自愛、自我修行，才能找到自己立足的本源。

細微的奇思妙想

俄方說：「俄國人信奉東正教，這註定俄羅斯最終要走向西方主流意識形態，儘管依然受到西方各國的抵制。從這次表演中可以看到，俄羅斯人把『紅色恐怖時代』看成了『工業化奴役時代』，這是一種微妙的思想更新，從中與西方工業時代在感情上拉近了。」

「功夫在詩外」，八竿子打不著的地方，才是最需要深入理解，他山之石可以攻錯。按照美國教育心理學家李‧舒爾曼（LeeS.Shulman）的觀點，他認為教師必備的知識至少應包括七種：

1. 學科內容知識；
2. 一般教學法知識；
3. 課程知識；
4. 學科教學法知識（學科內容知識與教育專業知識的混合物）；
5. 有關學習者的知識；
6. 關於教育情境的知識；
7. 有關教育目的、目標、價值、哲學與歷史淵源的知識。

亞歷山大圖書館始建於托勒密一世（約西元前 367 ～前 283 年）是世界上最古老的圖書館之一。館內收藏了貫穿西元前

400～前300年時期的手稿，擁有最豐富的古籍收藏，可惜的是於三世紀末被戰火全部吞沒。今日新的亞歷山大圖書館，依舊有眾多的文化宗教藝術作品呈現於館內，是一個值得靜靜待上一天的地方。

在埃及的日子，了解了很多關於考古發掘過程中出現的異事。很多阿拉伯人原本是不相信「詛咒」，但是在帝王谷和其他大型陵墓開發的過程中，以及底比斯當地居民挖掘過程中出現的很多事情，讓很多阿拉伯人都開始相信，古埃及人在這片土地上所留下的痕跡。

其實因果不虛，在哪個國度、哪個宗教都有，只是以不同的形式來表達。天道輪轉，自在自然。

　　《盜墓筆記》的書與電影中，都有一個大神器：尋龍尺。是不是這個名字好耳熟，是不是想起來了熟悉的胡八一和胖子，還有天下霸唱和南派三叔呢？對的，他們也經常提起這個神奇的寶貝，它是摸金校尉們的重要夥伴之一，現在我們也來試一下大神器：尋龍尺。

　　尋龍尺，在地理風水界又稱為地靈尺、尋龍棒、探龍針等，英文名為「Dowsing Rod」，中性的稱法叫探測棒，中、西方有 5,000 年的歷史。

　　它借用人體的磁場敏感度，將細微、精緻的感應，透過棒子的物理反應外放出來，變成可見的訊號，用來尋礦脈、找水源、點地穴、測風水、尋人、找失物、卜筮、斷吉凶等等，流行運用於地理風水界，它是堪輿師必備的行頭工具。

　　尋龍尺可以尋找出正確的藏龍之所，使用時利用人體為導電體，以手撐托尋龍尺，手臂張開，保持靜止，全神關注於尋龍尺的尖端上，尋龍尺將受地靈氣影響而擺動，若地靈無氣，則尋龍尺不會擺動。

　　宇宙是一個大磁場，任何物體均帶有電荷，包括水晶、玉器甚至石頭。地球的南極和北極就是一個大磁場，由於地球繞太陽公轉與自轉而產生強力的電荷（如同發電機高速運轉而產生電力），這地球自轉與公轉所產生凝聚的電荷，即稱為地磁引力，堪輿學上稱之為「龍脈靈氣」。這種龍脈靈氣是一種看不

到、摸不著的東西，它可藉由其他儀器來測量發現。

其實尋龍尺的另一種運作原理，和靈擺是一樣的，因為我們人會受到五感的干擾，而對於眼前的選擇動搖，但潛意識並不會受到五感而影響，相對的選擇也不會有太多的複雜因素，也較為直接。

所有的物體包含動植物、人類甚至是器皿等，都具有其能量，而周圍會散發出該能量狀態的能量細微分子，形成一種能量氣流，也很類似中國人所謂的氣、氣場，或者目前所說的磁場或能量場。而尋龍尺就是可以順著這股能量流動進行轉動，用以探測物體或人類的狀態。

尋龍尺最早的時候是拿來尋找水源的，包括礦石。想像一下，在一片沙漠裡面找礦產真心不容易，那時候沒有先進的設備考量和勘探，就需要靠它來幫忙。

知道這裡有礦，但是到底從哪裡下手，哪裡的礦產最豐富，可能當年的技術是不可能告訴你的，只能透過其他的方式去求證。這個時候大家就發現了尋龍尺，因為人經常會被自己的經驗和邏輯思維所迷惑，沒有辦法分辨更細微的資訊。

當你手持尋龍尺，心態放鬆，到無我狀態的時候，你就可以找出水源。甚至在迷路的時候，你也可以在森林裡找到水源。在採礦行業如火如荼的時候，在美國西部，尋龍尺是很多地質勘探家包裡的標配，隨時都會用到。

大家可以用去試一試，明顯的一個好處是，尋龍尺可以捕捉周圍的能量場狀態，並且根據能量的變化而變化。例如：我們認為財富是一種能量，人氣也是能量，所以先設定好問題，可

以在一個房間裡面找到最好的財位，可以在一群人裡面找到人緣最好的人，它都會呈現出來，只要你能夠放鬆，龍尺就會呈現給你看。

其實，尋龍尺不是只在《鬼吹燈》等盜墓類書籍裡才有，現在淘寶也都有賣，它本來就沒有多麼高深，只不過很少人使用它罷了。如果大家感興趣，也可以自己去買來試一試，我想那也是一種有趣的探索。

第三輯

————

人間煙火

人心中的靜和境

「人心能靜，雖萬變紛紜亦澄然無事。靜在心，不在境。」

一位公司創辦人說到團隊建立，他困惑的說：「以前我覺得窮人家的孩子能吃苦、有責任心，現在簡直不敢招家境不好的員工，窮人家的富二代太多了！」隨著中國經濟的發展，尤其城市新中產的崛起，言正行端、吃苦耐勞的富二代越來越多；相反的，窮人家的孩子卻沾上了以前富二代的毛病。

北宋黃庭堅說：「士大夫三日不讀書，則義理不交於胸中，對鏡則面目可憎，對人則言語無味。」

今日教導女兒，吾亦自勉之：「若有詩書藏在心，歲月從不敗美人。」

丹田自種留年藥，玄谷長生續命芝。

世上漫忙兼漫走，不知求己更求誰。

《樂訪子悅集》

奇颸風、明樓花、爐芳求

別館銀灶雲華使泛舟

梅花雪、蘭花月、香霧起

茶衣啜茗松白兩忘機

霜色辭、碧光替、抽玉芽

竹杖松徑深處呈仙家

始端午、收冬至、馥幽華

月斜邀酌松酒歲無涯

自度度人，這二者一是外在之功行、一是內在之心性，一內一外、一陰一陽，共同構成了奉道者的證道之路。

曾國藩說：「人之氣質，由於天生，本難改變，惟讀書可變化氣質。」

偽雞湯多是砒霜，越來越多「佛系」狀態，真正佛系、道系都一樣，符合「水利萬物而不爭」。如果不能有利他之心、利他之行，何妄談佛道。怕多是不肯積極努力的過人生，而給自己找的臺階罷了。沒有經歷戰爭之人，恐難知曉和平之貴重；沒有經歷風浪之人，何來笑看風雲。

其實，窮家養出富孩子，正是因為現代人缺少的，其實並不是物質上的富足，而是發自內心的美及精神上的富足。說到底，我們現在看不到曾經感動時代、贏過無數讚揚的經典之美，一個人要拚命靠物欲滿足自己，說到底，是因為他們內心空虛，所以才會嘗試用這樣簡單粗暴的方式填充自己。

其實，世上有一種優雅和純真是純然，需要不停修煉自我才能得來，這種氣質從來都不是外在能達到的，而是需要一種內心的坦然與率真。這種氣質也不是與生俱來的，而是透過後期的學習，透過對知識的索取，讓一種猶如渾然天成的美，深深的滲入靈魂。

記得杜甫寫詩時曾說過，真正的打磨與推敲，就是反覆錘煉，去掉思考的痕跡，最後看起來如同渾然天成一般。

而後天修行出來的美感，正是如此。一個打磨過自己內心的人，會被歲月賦予一種真正的氣質。即便只是普通的相貌，或者說只是樸素的裝扮，但會讓人覺得有一種深刻的美，希望能

夠與之相識。

如今因為物語膨脹，這樣的人越來越少。我們更常看到的是精於容顏裝飾，但卻不能令人從心裡生出尊重與感佩之情。

很多時候，我們之所以會越來越心窮，根本原因是因為我們總是想著把豔麗的容貌當作氣質，把傲慢的性情當作高貴，甚至用膚淺的見識當純真，缺乏真正的靈魂厚度，才會造成「外富內窮」的結果。

人靠衣裝的確沒錯，但是人生卻是需要更深層的東西。比如性格、性情，或者是更大的情懷與信仰，真正支撐這些的，只有個人內在的美。這種美，不是花錢就能遮住瑕疵而展現出來，它需要長期的積累。

外在的東西固然重要，但更為重要的是一個人與之相匹配的才情與厚度。這就是為什麼大家都很好奇，不學無術的人，即使深處融化富貴之中，也總會得到一份碌碌無為的空虛，但是容貌一般、靈魂豐富的人，卻常常能夠收穫一場以幸福為底色的人生。

愛是不著痕跡的全然投入

人活著有三個層次：

第一個層次：活著。

第二個層次：體面的活著。

第三個層次：明白的活著。

慢慢活、慢慢明白、慢慢實踐……，人不該吃喝等死，該用自己的努力，為自己所停留的須臾之間創造相對的價值。

遙憶我青年時也曾胯下騎駿馬，肩上立大雕，在內蒙草原上馳騁。小丫頭，轉眼間你已經這麼大了，今日在車上，與我一同唱成龍的《醉拳》之時，讓我不禁想起王維的《少年行》：

一身能擘兩雕弧，虜騎千重只似無。

偏坐金鞍調白羽，紛紛射殺五單于。

歲月靜好，我家熙爺已經順溜的騎著馬兒蹓躂了，世界不是用來看的，而是用來行走的。

戈爾丁說，人性有三層：第一層，生物性，偏向惡；第二層，社會性，善惡兼有；第三層，精神性，偏向善。

他發現，一個孩子如果得不到及時的教育和制止，在沒有制度約束、懲罰機制的情況下，很容易做出野蠻的舉動，生物性中的惡便傾瀉而出，並產生巨大的破壞力。

錢文忠說：「現在的孩子，犯錯成本太低，他們根本不明白，

犯了錯誤要付出代價，我們對孩子沒有控制、抑制、約束，一味以愛的名義對他們讓步，這樣的教育是不對的。」

人生之旅貴在全然投入，不落痕跡。

每個人都不會被所有人喜歡，不必強迫自己成為別人眼中最好的自己，而是要做到自己就是自己。像我的一個朋友，有人喜歡她，同樣有人不喜歡她，但是她並不在意別人是否喜歡自己，她只在意自己是否喜歡自己的人生，是否能夠按照自己的意願設計人生。

我們活在這個世俗之中，必不可免的躲不開別人評價，很多時候我們有意無意就想成為別人眼中最好的那個人。但是每個人都無法揣測別人的心思，因此，或許你覺得自己言行得體，而在某些人眼裡確實過於迂腐；你覺得自己言行活潑，或許在另一些人的眼裡，你就被打上不穩重的標籤。

所以，我們的人生不應該是以別人的眼光為標準，而是要以自己的內心訴求為主，人生短暫，如果瞻前顧後的總想著活在別人眼中，那麼這輩子將是漫長而無奈的。

希臘神話中有個故事，美少年愛上了自己的倒影。這個故事之中，其實有很深的隱喻。每個人這一生之中，最大的敵人其實是自己，我們做任何事，包括愛一個人，都需要戰勝自己。

把技能變成本能的練習

我很認同把優勢發揮到極致，每個人做自己擅長的領域最開心和最有成就感，原來我可以成為斜槓青年，專注和學習不是優點，只是天賦而已。

建立一個所有人都有使命感的世界！每個人都有自己的靈魂使命，不要讓自己虛度一生。小紫說：「沒有人從一開始就知道如何做，想法並不會在最初就完全成型。只有當你工作時才變得逐漸清晰，你需要做的就是開始。」

有時候真該反思一下，我們自己一生到底給社會和孩子們留下了什麼？在歷史面前，成功何其渺小。莊子、孔子、邵雍、郭璞、華佗、扁鵲、葛洪，幾乎值得我們學習的人在當時都不是成功的人，不是歷史書上的勝利者。

修行，修生先修死，首先看透生死。歷史也得看明白，成功失敗沒有不同。內心精神的圓滿到底什麼方式去實現？用錢、名、權，還是每人不同的那個「一」。

這些天一句話概括感慨：八字命理、風水布局都是一樣，偽書千萬卷、真傳一句話。

舉世人心別，端如面不同。山川險難測，筆墨思何工。未索形骸外，聊先阿堵中。自憐無骨相，不到漢南宮。

有人說，你怎麼對待生活，生活會像一面鏡子一樣還給你。

愛抱怨的人通常沒有一個看起來是漂亮的，她們常年累月的把精力放在自己不滿意的事物上。等到自己沒有力氣再去抱怨

的時候，發現自己的皮膚變差，臉上總是一副人人欠她幾百萬的表情，這樣的人誰會喜歡呢？

生活本來就是不完美的，只不過有的人可以把不完美變得完美，而有的人會把這種不完美放大。幸福，也是一種需要學習的技能。

其實，那些習慣性抱怨的人，無外乎工作不順、收入太低、遇人不淑，但如果她們能冷靜下來，清晰的分析這些事情產生的根源，知道自己的疆域在哪裡，不會對人生抱有不切實際的期待，或許他們就不會活得那麼累。

有的人天生殘疾，卻懂得自強不息，珍惜生命熱愛生活；也有的人生來天才，可惜卻只懂得把時間花在麻木的重複上，沒有真正去認真享受過一天生活。

當你大談歲月靜好之時，可曾想像過一個人如何能成為被歲月善待的人。是幸運，還是自我的提升？是等待別人的寵愛，還是主動把自己磨礪成一顆閃閃發光的寶石？

其實，不管是二十幾歲或是三十幾歲，內心都該有一種「堅強」的態度。這種「堅強」，是對外界的一種防禦能力，不要被別人的生活來左右自己的人生。是我們經過與歲月砥礪抗爭後，得到的勇氣和底氣；是扛過了那些痛苦之後，敢於自信的說出，這些事沒什麼的淡定。

學會用愛去對待你的生命，愛上那些並不美好的生活，接受那些無法改變的，學會經營幸福的技能。抱怨只會讓你越來越糟糕，成為一個老得更快的怨婦。

學會愛上生命的不完美，因為那些美好全都藏在你心裡。

人間煙火

　　很多人都是希望被理解，卻又怕被看穿，所以，寧可自己獨處將想不通的事情想得頭疼，也不肯開口與人說。尤其是女人面對在婚姻之外的愛情時，她們內心做著激烈的鬥爭，輸贏和成敗並不那麼重要，然而，在她們的眼中只有是否去愛還是拒絕去愛兩條路。

　　很多人都說，女人出軌很難再回歸到家庭，而男人出軌不同，其實這不過是謬論，就像說婚內出軌只分一次和無數次一樣，並不能囊括所有人的情感選擇。

　　繁華與紛擾中，如何按捺自己那顆蠢蠢欲動的心很重要，但是在婚姻中，得不到愛與安全的女人，自然而然會想要去尋找自己的愛與安全。婚姻裡，自私的是男人，他們吝嗇自己的愛，卻又不肯放開手讓女人尋找愛，他們將更多的愛給了擦身而過的陌生女子，卻不肯留一些給陪伴自己的妻子。

　　男人出軌或許因為各種誘惑，女人出軌原因只有一個，那就是這段婚姻讓她不幸福，讓她時時刻刻感受自己將要被婚姻拋棄，或者是她隨時都可以放棄這段婚姻。

　　很多時候我們寧願相信，真心等待我們的人，無論如何他都會等待下去，然而，不願意等待我們的人，哪怕只是看到我們的身影，他也會轉身離去。

　　因此，面對不愛我們的人，不捨得也要捨得，該放棄就不要抓住不放，腳踏兩條船永遠到不了彼岸，所以，如果還想繼續

婚姻，就把備胎扔掉；如果厭倦了婚姻，就把婚姻拆掉，可不要貪心不足。

我們常常以為很多重要而偉大的事情都是由成功人物做出來的，但事實上，通俗意義上的成功人物往往只是比較狡猾冷酷和心狠手辣。他們能笑到最後，因為他們澈底接受了這個世界的博弈論和遊戲規則，在很多信奉叢林法則的人心中，零和遊戲是唯一的規則。

我渴望永遠都做個失敗者，這種渴望，是因為我的本心。這不是像許多微信公眾號標題撒嬌式的「某某，你真傻」這類的套詞，而是因為只有真實的袒露，才會令我感覺自己和這個世界美好的東西連接著，即使真實的袒露是以擦傷我的靈魂、把我變成別人眼中的魯蛇做為代價。

事實上，真實比戲劇還要殘酷，命運帶來的絕望才是我們最大的敵人，因為這個世界最真實的常態裡，甚至不會有像電影裡那樣為輸者送行的人。因為那些最終努力了也沒能成功，被時間和造物無差別抹去的人事，和輸掉了自己的生命的小人物，永遠都不會在舞臺中央做主角。可是，那對人道的微弱持久的呼喚，使我一次又一次流淚。

道之所在

重讀西遊，感慨一下；欲知西遊通真祕，不遇道人不知意。

一切都是「道」，並不以你的認知水準為參考。也就是通俗的說，無論你知不知道，你信不信，「我」就在山頂等著你，你可以從哲學角度、物理角度、神學角度等，殊途同歸萬法歸一。

9月30日看完《爵跡》，手寫了影評，也算是給一面倒的罵聲中，給小四一點正面回應。還是推薦大家去看，故事是不是狗血，每個人自己心裡都有答案，但是能看到其他的嗎？這也是對觀影者的考核。

晚上最不該看的一部電影就是《8釐米》，這是1999年的老片，我卻一直沒看，忽然想起就找來看了。結果壓抑得完全喘不了氣，劇中少女被虐殺的情節讓人恐懼，地下色情交易和製作的真實，讓人拷問人性的根本。

劇中尼可拉斯凱吉為了調查這個案件，去到地下黑市買錄影帶，看到虐待兒童的、血祭的、邪教儀式的，他完全不能理解，為什麼有人要看這樣的影片，更有人花錢雇色情導演拍攝真實殺人的影片，他的心充滿了復仇感和痛苦。

他把少女母親的痛苦和大眾對少女的死而遺憾惋惜的痛苦都獨自背起，對毫無悔意的殺人凶手們，他拿起屠刀，以自己的方式去完成對正義和人性的詮釋，去洗滌心靈，去釋然自己。這是一部血腥且殘忍的影片，不光是是感官上，更多的是內心

深處，真是讓人壓抑到無法釋懷。

每一個人都不會是空白到什麼都沒有，心中總會藏著那麼一段感情，有那麼一首歌讓他突然記起曾經的愛與哀愁。

生命中很多人匆匆路過，我們看著，不知道哪一個才是能夠陪伴自己走到最後的人。有時候，我們覺得能伴隨自己一生的人，往往會在半路上拋棄自己；然而，我們不看好的人，卻能牽著我們的手一直走下去，走到生命的盡頭。

生命中總有快樂讓我們回憶，也總有哀傷令我們消極，我們在生活的滄桑裡，折疊出一片一片的記憶，我們在溫柔的目光中，偷偷遮掩了自己的悲痛。每個人都需要被愛，因為只有愛才能讓我們感受到溫暖，這種溫暖不是做作的，不是虛妄的，而是真實存在的。

世界不完美，人生也沒有那麼完美，生活更是充滿坎坷，我們行走著，張望著，有時候會主動擦去心上那一層厚厚的灰塵，讓自己在陽光下曝曬；有時候我們會無視被灰塵掩蓋的心，就這麼黯然失色的行走。

因為沒有遇到一個對的人，所以，我們的悲傷無從傾訴，因為沒有碰到一個懂得自己的人，所以我們的笑容中滿含淚水。有人說，人不快樂因為貪心，的確，或許在物質上我們不貪心，但是在愛情上卻貪心不足。

即便生活只給了我們哭泣的理由，但一定要相信，哭過之後就會有讓我們開懷大笑的事情發生，一段愛情結束了不必悲傷，因為，新的愛情或許才是能夠陪伴你一生的愛。

先天和後天的順序

這幾天自學道醫發現：後天的腎氣可以透過極其普通的飲食和簡單的生活規律來調節，先天之本的腎，後天就沒法補了，那是從娘胎裡帶來的，除非你再投一次胎。現在所謂補腎，都是那些溫熱性的藥物或者食物，吃完了身體裡發熱，虛火起來了，給人感覺好像補上來了，其實都是假像。再出去消耗，猶如烈火坩堝，這個是惡性循環。

先天需用先天補。先天是什麼？就是空空靜靜而已，你把塵勞思維都放下，能靜個幾分鐘，就補回來了。你要是每天都在空空靜靜裡頭不動心不動情，就等於重新投胎一樣，好處大了。

所以《清靜經》說：「人能常清靜，天地悉皆歸。」就這麼簡單。你說空空靜靜做不到，一想靜腦子裡就亂。其實那個亂的不是你，而是假像，真正的你就是知道亂的那個，空空靜靜從來沒動過分毫。

在中醫養生學說之中，脾胃是後天之本。這話誰都知道，但對它的重要性可能一知半解。其實也就一句話，因為脾主肉，而內臟器官等等都是肉做的；脾胃一虛，內臟功能全部衰退。健美冠軍怎麼死於心臟衰竭？因為肉賴血養，肌肉多了，心臟的負擔就重了。

生理都有個自然的限度，一個體重有多少骨頭多少肉，生理上的健康標準大致是有上限的，超過了人體就要增加支出，長

此以往心臟肯定出問題。人老了為什麼眼睛會花？人體喝了水以後，腎臟進行解析，水裡的精華會吸收輸送到眼睛裡，保持眼睛的滋潤。

人過四十腎臟就開始虛弱，這個解析輸送的能力就差了，人眼睛裡掌管調節焦距的東西，缺了水就不靈光了。大體上頭髮白、掉牙、眼睛花、性功能衰退都是同樣的，根源都在腎虛。

所以說腎為先天之本，消耗得大，衰老得就快，這沒什麼好說的，而且普通人從生理上是不可逆的，消耗沒了就沒了，沒有回頭路可走。慢慢的，骨骼筋肉也不行了，所以人老先從腿上見，一個先天之本，一個後天之本。

那天和浙江的友人們聊起，江南嫁女兒有個習俗：一樟兩箱。女兒出生後，埋下一、兩百斤黃酒，然後在後院種一棵樟樹。樟樹長得極慢，約十六年成材，待樹枝躍過後院牆頭，就是這家有女初長成，可以準備提親了。

然後再把樟樹砍下，做成兩個樟木箱子，裡面放滿上好的絲綢陪嫁，再把樹底下的陳年老酒挖出來宴客，這就是江南的嫁女習俗。現在能這樣做的人家很少了，要做到這樣相當不容易，當年也是富戶人家才有辦法做到。

2017 年簡直就是女神結婚年，劉詩詩、陳妍希、林心如、鍾麗緹、舒淇……等，看著舒淇結婚，就被深深的感動了。於是找了《刺客聶隱娘》再來看一遍，祝賀女神嫁了。依舊那份情懷，感動人心，無關風月。

《刺客聶隱娘》這部文藝片，本來的受眾群體就是小眾，給人的感受不是電影，而是真實置身於唐末的番鎮，感受著時空交錯的生活，畫面唯美，讓人驚歎真實的美好。

導演初片的窄銀幕、黑白鏡頭，展現了女主的情感世界，簡單易行。與後期絢麗濃重的色彩，形成了鮮明對比。鸞的悲鳴，是公主的宿命，從開始就註定了結局。

全片人物的忍與放，每個人身上背負的使命和責任，讓他們埋沒了自己的心。三個女人與主公的聯繫，既緊密又疏離。最深刻的愛來自於最旁若的人，最執著的痛來自於使命感，最卑

微的情來自於無助的前路。

戲裡的人，每個配角都不刻意，仿若在那個時代，最平凡不過的甲乙丙丁，真實的諾行著自己早已設定好的人生，安份而漠然。

一生太長了，我們不可能只愛一個人，或者說，一輩子的婚姻太枯燥了，我們需要一些新鮮的愛情，但是，我們可以對這樣的愛情遠觀，卻不能近玩焉。

在錯誤的時間出現的人，不一定就是正確的人，千萬不要覺得在錯誤的時間出現的那個人一定是正確的人，或許那個人會給你帶來刻骨銘心的愛情，或許他會與你兩情相悅，但是，你真的不要不管不顧的撲上去。

婚外的愛情猶如烈火，女人似飛蛾。

元好問一句：「問世間情為何物，直教人生死相許？」成了很多人背叛婚姻的藉口。

真正的生於情而止於禮，世間真正的愛情是沒有任何貪念的，就好比我們每個人所經歷的初戀。婚姻是有貪戀的，所以真正愛著的人，往往進入婚姻之後會倍感失落，但是，兩個不愛不厭的人往往能夠過好一輩子。

真的相愛也可以大膽放手去愛，卻不要因為男人迷失自己，因為新鮮的愛情迷失多年的情感。

歲月靜好，不需要轟轟烈烈的愛情，不需要為愛破釜沉舟的決心，而是能夠安於現狀，安於平淡。

要知道，對於出現在錯誤時間卻心生愛憐的那個人，應當克制，一生不越雷池，這才叫留住最終的愛情。

深陷我執，卻毅然如風，誠然感動人心，無關風月……
女神，新婚快樂！

純粹的華麗

　　看了《跳出盒子》，經過這幾天的閱讀和思辨，看著一位朋友現在的煩惱，芮升一點點感悟：有血緣關係的人，無論怎麼爭吵，他們的關係斷不了；但兩個完全沒有血緣關係的人，一起爭執，還要睡在一起那麼多年還能不分開，真是世界的奇蹟。親密關係的處理，也算是世界的難題之一了。

　　必須得承認我是完全沒有想像到《復仇者勇》是如此震撼人心的影片。在 156 分鐘過完之後，我竟然無法起立走出影院，需要慢慢的去消化和代謝那份情緒和壓力。凌晨 2 點半大腦都是影片的情節，絲毫睡意都沒有，這是讓人心碎和不忍直視的歷史，那一段埋沒在荒野中的歲月，只有人性最純粹的展示，沒有絲毫華麗，沒有額外的饋贈，生命給予的只是生存，復仇永遠在上帝手中掌握。

　　現在人不結婚似乎成了常態，動輒都有三十左右還沒有結婚的女子，她們在事業上奮發前進，卻忘記停下腳步等等慢悠悠的愛情。很多剩女被父母催婚、逼婚，她們內心深處是不想將就婚姻，卻又不得不打著跟誰將就一下的算盤，結果日子越過越痛苦。

　　她們的痛苦來自於社會和家庭的壓力，來自於自己內心的煩躁，她們不是沒有喜歡的人，可是這個世界最難匹配的就是愛情。很多時候，我們喜歡的人不是年紀不夠，就是已有家室，但是年紀越來越大的她們，除了看破紅塵之外，不具備任何愛

的能力。

　　很多女孩一開始覺得無所謂，自己生活也挺好的，而且在出軌頻發、離婚率高居不下的當前，結婚也不一定就能保證不離婚，倒不如自己過。可是，在社會壓力的反覆摧折下，她們也會開始著急，這份著急來源於四面八方的壓力，她們開始馬不停蹄的相親，然後在被嫌棄和嫌棄中間飄搖。

　　所以大家越來越喜歡看姐弟戀修成正果的幸福，她們心中盼望著幸福，卻又不肯將就。也是，很多女人將就的嫁了，結果沒多久結婚證就變成了離婚證，即便沒有離婚，也是相見兩生厭，婚姻生活更像是一種煎熬。

　　所以，不要輕易去湊合一段婚姻，不要覺得自己不結婚就是多麼大的過錯，寧可多姿多彩的獨自生活，也不要灰頭土臉的隨便嫁掉。如果，你真的覺得自己是呂碧城那樣的女子，那就驕傲的抬起頭，在找到良配之前，做自己喜歡做的任何事。

　　生命是一場漫長的告別，請珍惜身邊的人，珍惜當下的陪伴。雖然我很少說這樣矯情的話，但事實便是如此。

兩極

今天跟大家說一下，怎麼去體驗無我狀態。那無我狀態，到底是一種什麼樣的體驗呢？

很多時候，人們進行打坐靜心冥想、進行禪修中，可以到達一種無我狀態，也就是我們經常說的天人合一和天人感應。

我們這個宇宙是一個全像的世界，每一個點也是一個全像能量點，所有的點都能夠呈現全部的世界。每個人都可以去感受，從一個點出發了解到的世界奇妙。

很多時候，占卜只需要一個無我的狀態，因為用心理學科學的說法是，只有在這樣的狀態時，你的潛意識才可以澈底的呈現出來。真實的情緒不受意識的控制，它可以自然呈現更真實的自己。

那麼一般意義上的占卜，都需要一些什麼樣的狀態呢？在中國傳統的時候，占卜師需要沐浴、更衣、淨食、茹素、打坐、上香，讓自己的身心得到一個平靜的狀態，只有在足夠平靜的時候，放下了浮躁，才可以達到一個相對穩定的狀態，這個時候才能夠天人交感，能夠獲得更多的靈感。

這有點像美國電影《露西》裡面露西的超感能力，因為在這個過程中，你會發現周圍的能量場開始變化了，你逐漸放棄傳統習慣使用的邏輯思維和分析方式，開始用你自己的潛意識來解讀和接收資訊。

我們來試一試用最簡單的方法，體驗無我狀態和平靜自如的

感受。以下有兩種方法，一起來試一試吧！

1. 來立個蛋吧！

立蛋是一個節慶習俗，由來已久，是指在端午節當天正午十二點時，因陽剛正氣彙集之極，所以俗信平日不易豎立的雞蛋在此時便可直豎在地上。同樣的，這個時候還能讓繡花針浮在水面上，即所謂的「浮水針」。

春分是南北半球晝夜都一樣長的日子，呈 23.5 度傾斜的地球，地軸與地球繞太陽公轉的軌道平面處於一種力的相對平衡狀態，有利於豎蛋。

我們在實驗的時候可以先來立蛋，至於立哪一頭呢？其實大頭小頭都無所謂，生的熟的也無所謂，雞蛋有沒有放過冰箱也無所謂，只管去立就好了。

剛開始的時候，可以在木頭的桌面上立，到一定的時候你就可以在手機螢幕上立，甚至在玻璃上都沒有問題。

當你的心足夠平靜、心念平穩的時候，你完全可以幾秒鐘內做到，甚至可以在蛋上再立一個蛋，這些大家都可以去試一試。

當你心浮氣躁、疲勞轟炸之後、情緒低落、焦慮不安時，這是讓你改變負面情緒的最方便法門之一。當我們學會立蛋之後，再來試一試其他的工具。

2. 買一個靈擺玩一下吧！

靈擺是一種古老的探測技術，在歐洲的使用最早可以追溯至15世紀，早期的用途多以尋找水源以及礦脈為主，近代的用途受到神祕學的影響，則多了占卜的功能。

靈擺探測是一種非常好、非常簡便直接的方法，它以直覺作為一個非常有力的診斷助手，可以是我們的嚮導。靈擺是一個繫著一條繩子或鏈條的輕微重物或水晶體，並可以在支配手的食指和拇指之間懸垂擺動。

用靈擺可以看到我們潛意識的連接能力。對於靈擺很多人會有一個誤解，以為靈擺像恐怖片裡的筆仙、碟仙那樣，這完全是錯誤的，它只不過是一個單獨的水晶體或金屬器，沒有任何複雜的工藝，也和任何宗教沒有關係，僅僅是一個自然呈現的能量罷了。

在淘寶上人民幣一百塊左右能買到一個很好的靈擺。買到之後，我們用很簡單的方法來讓自己的情緒呈現出來，看看自己的潛意識狀態是怎樣運作的。有興趣可以自己做一個靈擺表，如果不想那麼麻煩的話，只要在紙上畫上、下、左、右四個方向，再設定好問題之後，就可以運作了。

靈擺回答的設定：一般情況而言，自己先設定好。正面的回答是用什麼方式運作（比如說順時針或前後擺動）。在詢問問題時，所問的問題最好只能有「是」跟「否」的二元回答，否則靈擺容易無法給予正確的答案。關鍵是你可以體驗一下自己的內心狀態是不是足夠平靜，只有當內心狀態平和的時候，才能夠有好的連接度。

使用靈擺的過程中，最好專心一致而且處在一個寧靜的狀態中，潛意識連結並且啟動念動力使靈擺轉動。

按照心理學家榮格的集體潛意識理論，靈擺其實是可以透過人類與集體潛意識連結的。當靈擺跟人的內在潛意識連結後，提出明確的問題，用意念力量來驅使靈擺轉動。千萬不要用手腕的力量，只要稍稍給一點力量，讓它動起來，後面就是它自然呈現的時刻。

最後記得一點，你的靈擺需要消磁，一個月可以做一兩次消磁。消磁的方式有很多種，比較普遍的方式有晶簇消磁、晶洞消磁、白水晶消磁以及自然界水流消磁、日光消磁、深埋地下消磁、海鹽消磁……等等。

第四輯

———

你的潛意識強大嗎

你的潛意識強大嗎？

有些決定是你不用大腦思考就會做的，例如：你有想過你為什麼會喜歡某個特定的顏色嗎？你有發現為什麼你總會喜歡待在某個特定的環境裡（沙灘、荒野、山林或地球上的某處）？其實這是你的潛意識做出的選擇。

為什麼會有潛意識呢？這個問題到目前為止還沒有令人滿意的答案，儘管各類科學家都在這個領域探索了很久，依然只能發現它的存在，不能看到它的全貌，更別說描述或者控制潛意識了。

意識和潛意識的概念，公認是由維也納精神科醫生西格蒙德‧佛洛伊德提出來的，他在長期的精神病患者治療過程中，記錄了大量的人類心理活動內容，並針對這些行為，提出了他著名的精神分析理論模型。

對我們來說，潛意識是指在人類心理活動中，大腦不能認知或沒有認知到的部分。但是佛洛伊德發現了更多，在他非常年輕的時候，佛洛伊德就認為潛意識會驅使我們做出一些行為，並讓那些壓抑在我們內心世界的感情表現出來。

他非常肯定的認為，我們幾乎所有行為都是由潛意識支配的，這意味著我們的「自由」並不會完全按照我們一開始想像的方式去發展，雖然可以肯定我們確實有潛意識，但我們很難去評判佛洛伊德的理論中，有多少是正確的或者說真相的成分有多少。

人的意識就像浮在海面上的一座冰山，水面上的部分是意識，約占整個意識的 10％；沉在水面下的那部分是潛意識，約占整個意識的 90％。在潛意識運作的時候，人們的意識都沒有覺察，甚至不能參與其中，這也就是為什麼開頭我們提的那兩個問題的起因。當你運用大腦思考做出的決定跟你的潛意識不一致時，你一定會覺得不自在或者不舒服，不管你是如何的深思熟慮，總還是會覺得有什麼地方不妥，大家一定都會有過類似的體驗。

人們最容易理解的潛意識可能就是直覺了，它一般是以靈機一動的形式出現。如果你跟隨直覺去行動，往往可以得到想要的結果。有測試發現，直覺更為敏銳的女性，在完全黑暗的迷宮環境中比男性更快找到出口。

潛意識往往是以全觀的視角看待事情，所以準確而完整。但我們已經習慣了用頭腦來思考，認為只有思考才能找到最好的方法，這個時候我們往往會忽視潛意識的運作，事後才發現，潛意識的選擇（心裡最想的那樣）是最好的。

潛意識如此的深邃迷人，我們目前還不能完整觀察或者運用，但我們可以清楚感覺到它的存在並跟它連接，當你放下你的意識思考後，就能發現潛意識無時無刻、無所不在。

活了數十載，你活明白了嗎？

在新年期間，有幾位朋友的朋友在很突然的情況下走完了人生的路。他們的家人都很傷心，但是如果他們知道他的靈魂使命和他靈魂新的旅程，也許他們可以有些許安慰。

立春那天，我們和梁冬夫妻聊了很多，聊完我更加唏噓感慨，感慨很多人一生都沒有活明白過，在各種忙碌中就走完了。

一些上進的人們，去學習各種外緣知識，而全人類所掌握的知識只不過是宇宙的 5%。而分攤到每個人身上的知識又有多少呢？現在的物理學已經可以明確證明，在這個空間和維度中，我們所認識的世界如果是一個單位，那麼我們看不見、摸不著的暗物質，將是我們所認知世界的五倍。

正如幾年前就科學驗證了第五空間的存在。我們生活在未知之中，在不斷的學習和實踐，每個人的一生，都應該想一想，自己為什麼活著，使命是什麼？以下我們把它叫做靈魂的使命，這不涉及任何的宗教信仰，僅僅基於一個認知，人由身、心、靈三者組合而成。

大部分人這輩子最大的痛苦，就是不知道自己的使命。找到自己的使命並沒有想像中那麼難，當你發自內心認為什麼是對的時候，你也許就找到了你的使命。

每一個人都有屬於自己的才華，大多數人會發現自己擁有的才華，但是不能看到自己的潛能。很多人寄託於上天給予指

引，但其實上天給予的天意不過是人情的投射，或者反過來說，人世間的種種也是自然規律的投射。

當你保持正念力時，上天和自然就給予你正念力，你也能吸引到正能量的朋友和事情，反之亦然。所以我們每一個人應該把當下的事情做好，這就是真正的活在當下。如果這個事情你能得心應手，那麼你的才華便得到了展現，如果你在做一件不熟悉且有難度的事情，其實你可能沒有意識到，你正在發掘自己的潛能。

如果你做一件事情，旁人不理解，但是你從中獲得了難以言語的滿足感和自在感，那麼或許這個事情本身就是你的使命。你能做到現在這一件事，是萬千因緣和合的結果。你把這件事做好以後，自然規律就會有其它的事情賦予給你。這就是常說的：機會是留給有準備的人。

有些人會問，那些作奸犯科之徒正在做的事情，也是他們的使命嗎？當然不是！因為沒有一個人本願是想去做惡事，人的本性是期望善和真實的。傅佩榮老師曾說，人之初性本惡，但人性永遠向善。那麼一個人做一個自己本願都不想去做的事情，那就肯定不是使命。只要想通這一點，慢慢的就可以去探索自己的人生使命為何。

人生如果能清楚的活著，活在當下是極其有意義的事情。只是身邊很多人，雖然事業成功，但是依舊糊塗的走完了人生。所以有時候看著覺得心裡惋惜，特別是自己的親人和朋友這樣的時候。

但願每個人都能真正認知自己，不要讓有限的時間，浪費在

虛無縹緲的事情上，不執著於自己所謂的感受。內求的自我認知，保持覺知的活著，活在當下，才是真正的要做的事情。有了自我認知，並保持覺知之後，從心出發，再去學習任何外緣知識，都會更加清明而簡單。因為一個內在都認不清、處理不好的人，卻嚮往著努力去實現和改變外在世界，這真是捨本逐末。祝願大家都能早日找到自己生命的使命。

愛情的行為學模式

在茫茫人海中，你總能找到或者發現某些人跟你一樣喜歡做同樣的事情（睡懶覺）、喜歡同樣的東西（大床房）、吃同樣的食物（香菜）、做同樣的運動（跳舞）。不管你的習慣和愛好是多麼的不可思議，要做到絕無僅有還是相當困難的。為什麼不同的人會有如此雷同的行為模式呢？各類行為學和人類學專家們對此看法不一，基於人的行為絕大部分是由潛意識控制和主導這個角度，心理學派大神卡爾‧榮格先生提出了他的學說——「集體無意識」（也稱集體潛意識）。

榮格把集體無意識描述為人格或心靈結構最底層的潛意識部分，包括世世代代活動方式和經驗庫存在人腦結構中的遺傳痕跡。不同於個體潛意識，它不是個體後天習得，而是先天遺傳的；它不是被意識遺忘的部分，而是個體始終意識不到的東西。

榮格認為，無意識有兩個層次：「個人無意識」和「集體無意識」。對此，他也有一個形象的比喻：「高出水面的一些小島，代表一些人個體意識的覺醒部分；由於潮汐運動才露出水面下的陸地部分，代表個體的個人無意識，所有的島最終以為基地的海床，就是集體無意識。」

所謂集體無意識，簡單的說，就是一種代代相傳的無數同類經驗在某一種族全體成員心理上的沉澱物，之所以能代代相傳，正因為有著相對應的社會結構，作為這種集體無意識的支柱。

現在你大概能明白，為什麼八竿子都打不著的人，會有驚人類似的行為模式了吧！這種行為模式是與生俱來的，伴隨著你的靈魂呈現在這個世界裡。我們可以從不同的層面和角度，來探索行為背後的根源，經過適當的訓練，或許我們能跟自己的靈魂進行對話。

縱觀我們的人生，總能發現這樣一些特點：

1. 人生總是有得有失，好的背後就是不好，沒有十全十美的選擇，如果有，結果一定是慘不忍睹。

2. 所有的選擇都和當下的心境有關，結果具有一定的時間性。一定的時間和情景左右著你的選擇，而選擇的正確性正好也是在一個特定的時間和情景中存在的，時過境遷後你一定又會有新的選擇。

3. 理性思維會在選擇的過程中幫倒忙，理性一直是生活變化的阻力。很多選擇取決於人的潛意識的、感性的、經驗的、唯心的或直覺的素材，有時甚至恰好是衝動的、盲目的、隨性的，正是選擇中這些不可知的因素，使得結果（人的生命）充滿了變化，豐富多彩，充滿情趣。

我們一直把理性看做是妨礙人類感知這個世界的阻礙，理性讓我們心智萎縮、目光短淺，壓抑了人類本能中天賦的、生動的感性、知覺、預感、頓悟的動能。的確如此，當我們明白我們的行為絕大部分是由潛意識在控制的話，我們的確應該多做一些自我覺知訓練，讓自己更認知自己的潛意識（或者直覺）。在大事上聽憑你的心（直覺）去選擇，而非聽憑你的腦，這是我們坦然面對人生最好的態度。

　　阿沙吉歐力（Roberto Assagioli）是超個人心理學的先驅，
基於豐富的臨床經驗及深入接觸東方思想，發展出融會東西方
心理學的體系。阿沙吉歐力用蛋形圖表來介紹潛意識：

阿沙吉歐力的心靈結構模型

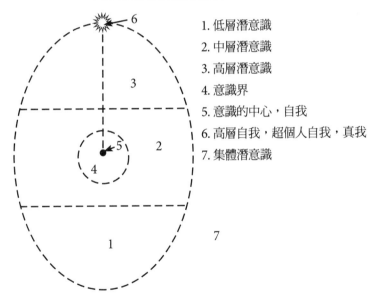

1. 低層潛意識
2. 中層潛意識
3. 高層潛意識
4. 意識界
5. 意識的中心，自我
6. 高層自我，超個人自我，真我
7. 集體潛意識

（註：虛線表示不同的區域可以彼此滲透，例如潛意識的內容可以進入意
識，反之亦然。而且，每個區域也都有擴大、縮小的可能。）

1. 低層潛意識

低層潛意識是本能、衝動、驅力、生理機械反應的世界。人體的生理機能不需要意識來管理，身體自己會呼吸，腸胃自己會消化，心臟自己會跳動，腦下垂體自己監管各種荷爾蒙的分泌，免疫系統自動防禦入侵體內的細菌、病毒，這一切都由低層潛意識（也稱適應性潛意識）包辦了。所以低層潛意識雖然說是「低層」，它的運作其實是非常高級而複雜的。

同時，低層潛意識是藏量無限的記憶庫，人的一生大大小小、鉅細靡遺的記憶全部儲存於此，甚至多生多世的記憶也安然保存於此。但資訊埋藏在低層潛意識裡，是很難被自我發覺的，這也正是多數心理治療者涉足的領域。

低層潛意識還是獸性、本能的世界，是人類原始而不文明的部分，是犯罪及暴力行為的源頭。低層潛意識容納了所有不被意識接受的壓抑，因而形成了恐懼症、強迫性的思想行為、妄想、幻覺及噩夢。這個部分的低層潛意識沒有邏輯、理性，而以強烈、動態、隱晦的姿態，猶如地球核心高溫高壓的岩漿在洶湧翻騰，日夜不休。

2. 中層潛意識

精神分析學派稱為「前意識」（pre-consciousness），是指平常沒有存放在意識的材料，只要我們進行回憶、思考、表達就能調出來的，這些材料就是位於中層潛意識。例如「你的行動電話號碼是？」、「你的高一導師叫什麼名字？」、「你的第一個男朋友是誰？」諸如此類。這些問題還沒提出之前，資

料並不在你的意識，而是儲存在中層潛意識。意識和中層潛意識之間並沒有鴻溝，很容易借著反省而引入意識層次，有時一個反問就足夠了。

3. 高層潛意識

　　高層潛意識是靈感、智慧、直覺、洞見、悟道、神聖、慈悲的世界。高層潛意識，等同於「超意識」一詞。

4. 意識界

　　意識界的內容毋須多加解釋，就是我們此時此刻所直接意識到的東西，例如感受、念頭、情緒、欲望、意象、衝動、記憶、期待、計畫等等，隨著我們覺知焦點的改變，內涵也不斷變化著。即，意識界可以擴大可以縮小。

5. 意識中心的自我

　　這個自我是我們現在的意識的中樞，是自我認同的中心。用最簡單的話來說，就是平常時候我們所認為的我，人們常用「小我」來描述。

6. 高層自我

　　相對於意識的中心自我，高層自我是靈性的我、真正的我，前者是小我，後者是大我。當今許多學者沿用榮格及阿沙吉歐力的詞彙，以英文大寫的「Self」來表達高層的自我，小寫的「self」來形容個人性的自我或意識的主體。

如果說小我是意識界的中心，也是人格的中心，那麼高層自我則是高層潛意識的中心，所涵攝的層面更為廣闊。人們也常用「超個人自我、真我、泉源、核心、頂峰」等詞彙來描述它，榮格稱之為未發現的真我、原型之真我，愛默生稱之為超越之靈。除此之外，古今中外無數的宗教、靈性文明也都探討了高層自我，例如佛教稱之為佛性、真人、本來面目，印度教稱之為梵，新時代稱之為 HigherSelf。

7. 集體潛意識

集體潛意識是指超越個體的存在，進入宇宙性的存在，彷彿所有生命的歷練、智慧全部彙整於此。包含了人類、各種動物、植物，如果有外星人的存在，有不同空間的生命體存在，如果有各種佛、神、鬼、精靈、上帝的存在，那麼，都是集體潛意識的一部分。

總有一天，當人類普遍對於身心靈的修煉有更全面的認識之後，一種科學理性的歸納整理，會將佛道等傳統修行派別的精華都萃取出來，結合心理學的研究成果，成為完整的超個人心理學：既能處理低層潛意識的病態問題，也能建立健全的人格，並且實現人人本具的靈性需求。

六祖慧能悟道時說：「何期自性本自清淨，何期自性本不生滅，何期自性本自具足，何期自性本無動搖，何期自性能生萬法！」釋迦牟尼佛夜睹明星開悟的那一瞬間，讚歎道：「奇哉，奇哉！一切眾生皆具如來智慧德相！」

每個人的意識和潛意識就像一顆一顆蛋，在集體潛意識空間

裡無序的漂浮。個人潛意識和集體潛意識的邊界，不是一個跨越不了的界線，而是一個可以互相交流的邊界。因此，當我們經過修煉或者借助某些工具（例如：塔羅牌、六爻、梅花易術、占星術、紫微斗數等），是可以讓自己的個人潛意識感應到其他人和事物的當下狀況的。借助這些工具把個人的潛意識感應到的內容呈現出來並加以解讀，就是我們平常所說的占卜和預測。

　　某些人可以通靈，他們的個人潛意識可以跨過邊界，感應到集體潛意識空間裡的一些狀況，並加以解讀呈現，其準確性令人咋舌，這也說明了我們在集體潛意識空間，的確存在著各種的交流和滲透。同樣的，借助一些有效的工具，我們還可以更認識自己，讓自己更加完整的成長。

女性的直覺力量

直覺是什麼？很多人以為，直覺和理性是對立的，是不假思索也無法明說的一種一閃而逝的感覺。然而我們認為，直覺絕不是「閃現在腦海中的靈感」那麼簡單，它其實是一種隱藏在思維背後的無意識思維。

它類似大自然中的空氣，當你想捉它的時候，它會消失得無影無蹤；當你不在意的時候，它會像神來之筆給予你意想不到的意外和驚喜。它突現於人類的大腦右半球，能對於突然出現在面前的事物、新現象、新問題及其關係，做出敏銳而深入的洞察，直接的本質理解和綜合的整體判斷。

在時間、資訊、經驗都有限的情況下，我們的思維和行動深受深層直覺思維的引導。簡言之，直覺就是人類的本能之一。

這些話我們都會不只一次聽過：「我應該相信我的直覺。」「我是知道真相的，但我沒說什麼。」「我真的很愛他，但我還是走了。」

我們的大腦在盡力保護我們，為了保持活力和安全，大腦會讓我們遠離那些批評的言論，或是我們內心真正想要卻還沒有意識到的東西。當你面對一個不舒服的決定時，你的大腦自然會給你令人難以置信的、可信的合理化，來避免可能的失敗、尷尬或甚至輕微的不適。

作為人類，這是我們大腦與生俱來的特質。習慣上，我們傾向於將問題劃分成兩種選擇，是或否、做或不這樣做，以選擇

出容易的出路。我們很少看到中間地帶或創造性的解決方案，甚至害怕跳出自己的舒適圈。

我們的決策中心是如何分工的呢？理性大腦會推論、分析、綜合以及賦予所感知到的東西其意義所在。而直覺（非大腦的資訊處理系統）則是基於現在的處境與夢想和願望有多大關聯而活動，包括希望、失望和感情背叛。

大腦在恐懼被觸發時會有所反應，不論威脅是真實存在，或者只是害怕失去現在擁有的。同樣的，我們的心也會有這個反應，可惜的是我們往往會忽略心發出的信號，只是機械式相信我們的本能大腦。

因此，我們會發現下面幾個現象：

- 面試官的直覺影響面試者能否順利進入下一輪。（他就是我們要的那個人嗎？能勝任這個職位嗎？萬一不行呢？）
- 投資者的直覺影響財富的消長。（下一輪是市場會低迷嗎？手上的股票會大跌嗎？是時機轉行了嗎？）
- 司機的直覺影響生命安全。（這段路要超車嗎？或者選走另外一條路線？現在超車似乎太危險了，還是我暫時按兵不動？）

幾乎每個人都曾經有過直覺的經驗——被某些潛意識影響著，還未明確知道為什麼或怎麼做，就被驅使著開始了行動。即使我們此時並不處於艱難的抉擇點，也並不是在發現內心的

聲音，我們的直覺也一直是在那兒的。它總是在判斷現實的情況，總是試圖引導我們前往正確的方向。

但我們能意識到嗎？我們留心注意過嗎？我們是否能讓自己更順暢的感知自己的直覺？

滋養我們的直覺，充分挖掘它對我們的啟發，是讓我們能夠好好工作和生活的一大關鍵。這種潛意識決策的力量之強大，常常令人費解，然而認知科學正開始揭開它的神祕面紗。因為與通靈和超自然等概念聯繫在一起，人們經常認為它是不科學的。但直覺並不是什麼神神祕祕的「第六感」，就連美國軍方都在研究，如何能讓部隊在生死關頭的戰鬥中，利用直覺迅速做出有利的決策。

越來越多的事例及有力的研究證據顯示，直覺影響著我們與環境互動，並最終推動著我們的許多決定。儘管如此，我們還是不能完全相信直覺。

直覺可信嗎？回答是，多費神驗證一下，你才能知道它是否可信。而最後一個問題，只有女人才有直覺嗎？當然不！而且除了人類，動物也有直覺。

在這裡，我們有幾個直覺訓練的建議，或許可以幫助你把自己的直覺用得更好。

1. 放鬆獨處。保持心思意念的放空，把思維儘量保持在放鬆的狀態。

2. 不要輕易打發突如其來的想法或沒有預期的感動或情緒，認真觀察這個想法和情緒的變化及影響。

3. 學著使用直覺判斷事情，並注意如何能成功的運用直覺。可以從小事開始練習，只給自己幾秒鐘的時間決定事情，例如點什麼菜、穿什麼衣服或看哪一部電影？也可以用心裡第一個反應去預測事情，當電話響的時候猜猜看是誰打來的？這些練習可以鍛鍊直覺，幫助你用直覺來決定事情，而不是用理性的思考來尋找答案。

4. 記錄自己的直覺或靈感。寫下突如其來的想法，或是有關直覺的具體觀察，長期記錄它們，將有助於辨認直覺與錯覺。

　　直覺開發專家蘿珊娜芙提出一個「三定律」來教人辨認直覺。「當一個想法出現的時候，讓它走。當它再出現的時候，再讓它走。假如它第三次再回來，就可以放心的聽從這個感覺。」

　　透過簡短的筆記或長期的日記，可以幫助自己了解曾經有過什麼樣的感動或靈感，長期的記錄甚至可以變成一個具體的結果。

粗茶淡飯的日子

經濟不好的時候，是要受很多生活侮辱的，所幸的是，相信我的人一直相信，理解我的人也一直理解著。

週末聽朋友講述了一個關於花朵和愛的故事：

說到清幽，在所有的花朵中，如果是想區別「最愛」，我選擇一切白色的花。而白色的花中，最愛野薑花以及百合——長梗的。

許多年前，我尚在大西洋的小島上過日子，那時經濟情況拮据，丈夫失業快一年了。我在家中種菜，屋子裡插的是一人高的枯枝和芒草，那種東西藝術品味高，我不買花。

一日，丈夫和我打開郵箱，又是一封求職被拒的回信。那一陣子，其實並沒有山窮水盡，粗茶淡飯的日子過得沒有悲傷，可是一切維持生命之外的物質享受，已不敢奢求。那是一種恐懼，眼看存款一日一日減少，心裡怕得失去了安全感，這種情況，只有經歷過失業的人才能明白。

我們眼看求職再一次受挫，沒有說什麼，失去了大賣場，買些最便宜的冷凍排骨和礦泉水就出來了。

不知怎麼一疏忽，丈夫就不見了，我站在大街上等，心事重重的。一會兒丈夫回來了，手裡捧著一小把百合花，興匆匆的遞給我說：「百合上市了。」

那一剎那，我突然失去了控制，向丈夫大叫起來：「什麼時間了？什麼經濟能力？你有沒有分寸，還去買花？」說著我把

那束花「啪！」一把丟到地上，接著轉身就跑。在舉步的那一瞬間其實已經後悔了，我回頭看見丈夫呆了一、兩秒，然後彎下身，把拿給撒在地上的花慢慢拾了起來。

我往他奔回去，喊著：「對不起！」我撲上去抱他，他用手圍著我的背，緊了一緊，我們對視，發現丈夫的眼眶紅了。

回到家裡，把那孤零零的三五朵百合花放在水瓶裡，我好像看見了丈夫的苦心。他何嘗不想買上一大束百合，然而口袋裡的錢不敢揮霍。畢竟，就算是一小束吧，也是他的愛情。

那一次，是我的浮淺和急躁，傷害了他。

以後我們沒有再提這件事。

四年後，我去上丈夫的墳，緊了花店，我跟賣花的姑娘說：「這五桶滿滿的花我全買下，不要擔心價錢。」

坐在滿布鮮花的墳上，我盯住那一大片顏色和黃土，眼睛乾乾的。

以後，凡是百合花上市的季節，我總是站在花攤前發呆。

一個清晨，我去花市買了數朵百合，擺滿了那間房子。在那清幽的夜晚，我打開了全家的窗門，坐在黑暗中，靜靜的讓微風吹動那百合的氣息。

那是丈夫逝去了七年之後。

又是百合花的季節了，看見它們，立即看見當年丈夫彎腰去地上拾花的景象。沒有淚，而我的胃，卻開始抽痛起來。

不知道為何，第一遍看見這篇文章時，我的眼中竟嚼滿眼淚。本該將愛恨都內斂在生活下，但總求一點心靈的震顫。我能覺知所有關於相愛中那些平凡日常的幸福和痛苦，卻不能抵

禦這樣的浪漫。

我想起很久以前我寫花的句子。我寫它們，或是一種渴望被理解的寂寞，遂用心的尋找和分享感動。

每朵花都有它的花期。有一天我看到你將我的字句，送給另一位姑娘，我原本是想將這些都藏起來的。

或許對情感的愛恨，也加重了我對文字的愛恨，我卻並不怨恨，這抄寫的心血，原也只是為了分享美的。

我傷害過很多人，也被很多人傷害過。

我原諒過很多人，也被很多人原諒過。

忽然想起有一天，我將很多東西都扔了，你也彎腰拾起過。我又扔，你又重新撿了起來。有一天下午，路過一個地方，看到了一個生命在剎那間變成了永恆。忽然想起，原諒，還有溫和的生命，註定會少很多遺憾。我要決心做到。

這世界所有的幸福，都不能輕易得到，總需要死過一次，絕望很多次，穿過種種不堪與痛苦，才能得到醒悟後的平淡與幸福。

自我感覺良好的人

　　批判性思維，是衡量一個人是否能獲得成功的重要標誌。但是我們身處的社會環境，卻往往無時不刻在干擾著我們獨立思考的能力，多方因素的掣肘，以至於我們大部分人都失去了擁有批判性思維的能力。要做到真正的獨立思考，並非易事。當年陳寅恪先生寫給王國維先生的「獨立之精神，自由之思想」在當今或許更像是一個理想，只能刻在王先生的墓碑上了。

　　縱觀歷史，我們發現成功的人必須是善於獨立思考的人。人是群居動物，我們的思考，無時無刻不在受著各種因素的干擾。哪怕是再有智慧的人，也不敢說自己的思考到底有多少獨立性的價值。

　　但我們知道，如果做不到獨立思考，就會降低思維品質，讓我們生活在極度的鬱悶與巨大的壓力之下，如果要實現自己的目標，獲得成功，必須要掌握獨立思考的基本技能。

　　但妨礙我們獨立思考的因素卻又無處不在：

　　第一個，無所不在的人際控制。總有些人企圖以控制你的方式，擴大他的生存空間。

　　第二個，社會環境的自然控制。人是社會的人，受著周邊環境的自然影響。覺今是而昨非，就是隨著環境的變化，發現自己此前的愚蠢。

　　第三個，日常習慣的控制。固有的習慣，構成我們的生活方式，但恰恰是這種日久成習，讓我們的智商萎縮。

第四個，自然情緒控制。人是真性情的人，有著自然而然的喜怒哀樂、好惡觀感。但過於情緒化就會降低理性，讓我們淪為情緒的奴隸。

第五個，固有觀念控制。隨著人的成長，經驗構成日常觀念，固化我們的大腦，這種固化度越高，越是讓我們思維僵化。

第六個，個性控制。人的社會化程度越高，越容易適應環境。但這種適應，又對我們個性化造成衝擊，所以人類天然有著對抗社會化的本能。

第七個，大腦固有的缺陷控制。許多道理我們都明白，但大腦不是如你所期望的那樣工作，它始終遵循固有的模式。

絕大多數的人都是在這幾個思維困境中徘徊，難以突破。你相信什麼，或是不相信什麼，只是固有的觀念而已。而你的觀念不過是昔年成長時的積習，與現實世界可能是有很大距離的。

我們固有的思維模式有三個糟糕的迴圈：

第一個迴圈：大腦對我們固有的一切，迷戀到不能自拔的程度。

第二個迴圈：大腦不太留意我們得到了什麼，但卻繞著我們失去的迴圈不休。

第三個迴圈：大腦以自己為衡量萬物的尺度，一切以自己為中心。

縱然是再有經驗的人，每天也是在這三個陷阱裡兜來繞去。但有智慧的人，知道自己在迴圈裡，會微笑面對自己的錯誤。

而疏離於智慧的人，卻難以意識到自己錯了。

　　到這裡，貌似我們沒有什麼好的消息了，但柳暗花明的事情總是存在的，我們只要試著跳出自己的舒適區，從獨立的角度來看待自己的行為思考，我們就會發現自己的問題及解決方法，經過一段時間的自我覺察訓練，我們便能夠改善現有的思維模式，形成自己的獨立批判性思維。

　　同時我們也要注意，所謂獨立思考並非是一個固化的狀態，而是一個持續行進的過程。在人際控制或是情緒控制的情況下，要做出獨立的思考有相當大的挑戰。只有我們在自我覺察的訓練上積累越來越多的經驗，大腦就會越來越明晰，思維就會越來越敏捷。我們的人生事業，就會越來越容易。

戴著 VR 的靈魂

我以前曾經做過一個比喻：我們就是一群戴著 VR 眼鏡玩遊戲的靈魂。在最初，自己選定了內容和劇情，選定了難度和挑戰，然後帶著期盼、帶著熱血步入新的旅程。

只是從我們戴上 VR 的那一刻，我們忘記了自己的高我，其實是那個選定內容的靈魂，而把自己投入了角色，成了「自我」那個劇情選定的主角。我們在裡面闖關、打怪、升級，體驗著各種磨難、成長、喜悅、豐收、痛苦、留戀、不捨、不忿、傷痛、悔恨、慚愧、憂傷……

直到遊戲結束，我們摘下 VR 的那一刻，高我的形象又清晰了，真正的靈魂覺醒，我們才意識到，我們又無比投入的玩了一次 VR。

這時候，高等的能量在一旁問你：「還要再挑戰一次嗎？」

你還沉浸在上一次的遊戲情節中，不能自拔。你說還要，這次肯定會表現得更好。

高等能量笑了，他說：「請你繳納足夠的遊戲代幣，然後你就可以選擇相對幣值的遊戲內容、難度和劇情還有角色，祝你好運。」

如果你能在遊戲過程中看破，就會恍然大悟，原來一切都是虛幻，儘管它那麼真實。那份看破，恐怕一開始不是喜悅，而是恐懼和驚慌，之後才會帶來平靜和喜悅，再之後，也就無悲無喜無怒無怨了。

既然身在 VR 遊戲中的我們短時間都無法離苦，那就身在其中吧！不要深陷其中就好。現在你遇到的所有挑戰，說不定都是當初你存了很久的遊戲代幣才能換來的體驗。既然如此，順其自然就是了。

　　如果遊戲代幣存不夠，而其他條件又不變，總是卡在同一個關卡過不去，就會陷入一個假定的迴圈，這不以我們的意志為轉移，除非出現新的變數，或者到達奇點。但是就算如此，再來一次的軌跡還是大致相同，除非你完成那項任務，才能過關到下一個關卡。

　　道家說：「大道至簡。」越簡單越清晰，後天返先天，人才能越平靜、越喜悅。正如易學學得越深，往往越無奈。這份看似簡單一笑，其實後面飽含了滿滿的內容和掙扎，還有一次又一次的嘗試。

　　只是下次選角色扮演和劇情時，積累了足夠的遊戲代幣，就再挑一些更讓自己開心的任務和設定吧！

　　說完這個小故事，最後，願我們帶著高度清晰的覺知，盡情遊歷這一趟 VR 旅行，保持積極進取之精神，秉持中正浩然之氣，認真不當真，行入世之道，存出世之心，則來去無牽掛，萬般皆喜樂。

第五輯

—————

願你被世界溫柔善待

冷靜的正能量

我喜歡和你在一起，不僅因為你有正能量，還因為你能讓我釋放正能量。正能量，代表著一種充滿陽光的心境，如一種磁場，給對方的心靈強大的吸引力。

我們都有這樣的體會：與某些人聊天，總是興致勃勃，意猶未盡，就算是陰天，心裡也裝著太陽，令你容光煥發，信心倍增，感受到人性的光輝和社會的美好；與另一些人聊天，會被對方的幾十個「鬱悶」變得鬱悶。因為他們從工作說到生活，從朋友說到家庭，從過去到現在再到將來，說到網上或社會現象，沒有不讓自己感到鬱悶的。就算那天是晴空萬里、豔陽高照的天氣，也會頓覺眼前烏雲密布，大有黑雲壓城城欲摧之勢，令你感受到人心的險惡，讓你對未來沒有期待。這就是正負能量的劃分。

每個人身上都是帶有能量的。樂觀、積極、向上的人，充滿熱情、希望與信念，這樣的人帶有正能量磁場，和他們交流的時候會讓我們感受到快樂、向上、信任的感覺。你跟他在一起感覺是安全、放鬆、愉悅的，讓你感受到生命的意義和生活的趣味，你很想和他多待一會兒。

而情緒多變，容易悲觀、畏懼、喜歡八卦、抱怨、看什麼都不順眼的人，帶有負能量。你跟他在一起時感覺不安全、緊張，處於防衛狀態，你覺得有被吸取、壓榨和自卑的感覺。你自己的能量衰弱，感覺不舒服，自己是被挑剔的、挑戰的

和攻擊的，你會很想快點結束那場談話，很想從他身邊逃走。

人的一生是一個消耗能量的過程，一定要人為加以控制。如果不能有意識的積蓄正能量，不和正能量的人在一起，你的能量場就只會減弱直到消耗至盡。

比如當你在聽朋友或家人添油加醋的說著某人說過或做過的負面事情時，他們是在八卦且釋放著負能量。你聽他們說是非的時候，也是在釋放負能量。因為你是一個有感覺的存在體，聽到負面事情時，你的情緒也一定會迅速低落，除非你內心很強大，絲毫不受影響。

同樣，當你想到傷心的事難過流淚，想到某些傷害到你的人和事，讓你產生厭惡情緒，看到不公平的事情感到氣憤，面對困難覺得非常恐懼，被人批評、指責時感到委屈鬱悶，這些情緒也都是你自己產生的負能量。

假如你認識到自己的正能量不足以強大到能夠抵禦負能量時，要先學會遠離負能量。就像假如心理醫生自己的心理素養不夠強大，就很容易受患者的一些心理疾患所影響。

想要持續釋放正能量，就要和有正能量的人在一起，一邊吸收正能量，一邊釋放正能量，吸放之間，生命恆新。一個人的能量是有限的，不同的人，能量場的強度也是不同的，但有相同夢想的人，能量是能夠相和的。

和充滿正能量的人在一起，是我今生的福報，我會好好珍惜，並傳遞對生命的感恩及對生活的熱愛。

深度自我理解需物外觀心

惻隱之心，仁也；

羞惡之心，義也；

恭敬之心，禮也；

是非之心，智也。

仁義禮智，非由外鑠我也，我固有之也，弗思耳矣。

故曰：「求則得之，舍則失之。」

同情憐憫之心，就是仁；

羞惡愧疚之心，就是義；

尊賢思齊之心，就是禮；

是非公道之心，就是智。

仁義禮智都不是由外在強制加給我的，而是我生來就本有的，只不過平時沒有去想它因而沒有發現罷了。

所以說：「只要你願求就可以在你的心中得到仁義禮智，只要你放棄便會失去仁義禮智。」

自度度人，這二者一是外在之功行、一是內在之心性，一內一外、一陰一陽，共同構成了奉道者的證道之路。

有些人能把一手的爛牌打成勝局，也有一些人把自己本來品牌的人生走出地攤貨，沒有人一直會是不及格，也沒有人會一直能夠滿分不下。人生給我們設置了無數個障礙，有的可以借力一躍，有的卻是要規避的陷阱。怎樣走這條路，每個人都有不同的方式，但是，走好走壞真的跟自己的抉擇息息相關。

不要輕信塵世中任何無法實現的承諾，也不要輕易放棄自己努力了很久的事業，學會選擇，懂得不慌不忙的堅持內心的選擇，就會遇到更好的自己。

　　人世間的愛，是一種人的本能表現，每一場遇見都是修行，這場修行沒有誰對誰錯，也沒有輸贏。不期的邂逅與相知，為何有天長地久，有短暫結束，因為不是所有愛著彼此的，都懂得理解的意義。

　　換句話說，就如同知名編劇廖一梅所說的那句話一般：「在這個世界，遇到性、遇到愛，都不稀罕，稀罕的是，遇到理解。」

初心決定終點

鏤玉金閣奉安時，旌蓋儼仙儀。珠旒俯拜陳章奏，精意達希夷。卿雲鬱鬱曜晨曦，玉羽拂華枝。靈心報既垂繁祉，寶祚永隆熙。

看來一個醫療無救治的案例，心裡的感慨就是很簡單一句話，人若不行善積德，一切醫療都是枉然之。其實有所求，只要去努力行善，天必回饋之。

天地為爐兮，造化為工；陰陽為炭兮，萬物為銅。合散消息兮，安有常則？千變萬化兮，未始有極，忽然為人兮，何足控摶；化為異物兮，又何足患！

湯之盤銘曰：「苟日新，日日新，又日新。」商湯在他盥洗用的銅盤上，刻上銘詞，用以自我警惕。銘詞說：「今天把所習染的汙垢洗淨而自新，天天把所習染的汙垢洗淨而自新，永遠讓自己的明天比今天更新。」

「其本亂而末治者否矣。」

本末倒置而能成功者，從未有過。連自己都管不好，卻想要管好國家天下那是不可能的。

「自天子以至於庶人，壹是皆以修身為本。」上自天子，下至平民，不管地位的高低，一切都要以修身為做人處事的根本。

當我們還年輕的時候，當我們正青春年少的時候，我們會大聲呼喊出心中的愛與恨，但是當我們慢慢成熟了，我們就換上

了一張面孔，那張面孔是所有人期望中的我們。面孔上有著溫柔、賢淑、可愛等等，可埋在我們內心的真實卻無從展示。

貌美的容顏還是具有修養的內心，是獨特的品味還是特立獨行的傲然，其實，對於女人而言，最重要的是自信和面對生活的勇氣，在生活中，自信的女人往往能夠駕馭任何一種氣質。

有著自信與勇氣的人，往往會神采飛揚、從容不矯作，不是刻意的張揚，也並非裝模作樣的嫻雅，而是自然而然呈現出自己最真的狀態。誇一個人長處會用知書達理、溫柔賢慧，但是，那是理想的大眾期待而已。

人性是複雜的，人在一生之中，所表現出來的知書達理和溫柔賢慧可能只是某一面。而其他很多面我們或許並沒有看到。在面對這個世界的紛繁複雜時，最需要的不是才華，而是我們守護初心的能力。

有很多人，在洪流之中忘卻了自己當初的本心，慢慢走上了一條不能停下的歧途。

讓人折服的人往往與容貌無關，與才華有關。每一段人生之旅，都有了很多對人的束縛，甚至到現在我們都會有意無意的被傳統守舊的目光所凝視，然後在表達自我的時候猶豫不決。

人，到底什麼最重要？還是那句話，沒有真，就不可能有善，也不會有美。能夠在繁瑣紅塵中保持真我，才是最重要；能夠在浮躁的塵世間學會安靜踏實的行走，才是最重要；有著能夠支撐起自己所有真實與自我的深刻認知，才是最重要的。

現在很多人強調物質對人的重要性，卻偏偏忘了追求簡單才不會令人煩躁。一個人最重要的，是在面對各種強大引誘時的

清醒。所以，閱讀從來就不可以停止，比起容貌，學識修養構建起來的純澈內心，才不戳破世界的表層，扎根堅實的內裡。

愛令智昏

「國治而後天下平。」天下由各國構成，國家的治理都能夠上軌道，才有實現天下太平的一天。

「家齊而後國治。」家家井然有序，國才能上軌道。西方人認為，國是由一個個的人所構成，因此強調權利和義務；中國人則認為，國是由一個個家所構成，所以強調責任和倫理，所以叫做「國家」。

「意誠而後心正。」起心動念真誠無妄，自然存心端正無偏。讀書的目的，在於改變提升自己。我執太重，貪念太強，讀什麼書都沒有用，路就容易越走越偏。

「知至而後意誠。」回到良知之後，起心動念皆是真誠無妄。

愛的本質，其實是一種把自己融匯到他人身上的衝動，愛就是消滅自己，然後因自己附屬於別人而激動，這種對自我的拋棄，就是為了抵抗人自出生以來的永恆孤獨。

所以真正的愛情是毀滅性的，它根本就不是他好我也好的溫良恭儉讓，它是內心最深處消滅與保持自我之間的戰爭。

它常常會沖昏我們的頭腦。

真正的愛情是利他的，而我們現在的世俗愛情觀本質則是利己的，我們能接受的愛情是能增加自我認知的，而非喪失自我的。世俗愛情觀則是一種不喪失自我的前提下，互惠互利的契約關係。

對自我的強調，其實已經背離了愛情的本義，它變成了一種

兩性間的權力鬥爭，那種附庸關係裡的輸家，總是愛得更深的那個。於是她被勵志雞湯總結出來，被眾人批判，被釘在不懂趨利避害的恥辱柱上。

這種看似庸俗的情感，雖然讓很多人嗤之以鼻，但是這裡頭卻包含了人類永恆的疼痛。美好總是破碎後才顯得有重量，而感情也只有在消失後才被記起。

接受宿命與不接受宿命，看起來只不過是表像不同，裡面都是一樣的。生活需要重量，我們都是生活的人質，也是生活的孤兒，我們被我們不能想像的更深遠的因果律所支配。

所謂的精明和自保，在強大的因果律面前，常常會顯得有些可笑。

當我們覺得自己似乎已在某一瞬間窺到命運的本相，但這窺見卻並不能帶來一種成就感，而是一種更清晰的痛感，因為你更清晰的感受到面對真實的無能為力。

在這樣註定要殘缺不全的宿命裡，夢想是抵抗現實生活僅有的武器。在道德的反彈和文明的閹割下，我們從不認為那些社會規範之外的人才是真正的人，他們有著常人不具備的純粹感。

正是因為他們太稀少，所以張岱才發出一句：「人無癖不可以交，以其無深情也。」可能我們大多數在活著，只有他們才是在生活。

對這個世界上愛著的大多數人而言，他們只是在既定的軌道裡作為一個過程的旁觀者，經歷塵世生活的種種，我不知道在探索這種痛苦時，人是否刺痛自己。但是我想，能觀察到這些

的人，一定是寂寞的。

　　從共振的情感中提取創作材料，從來都是一個融入世界又剝離自我世俗性的血淋淋的過程。

靈魂的臨界點

日前看《妖貓傳》好生喜歡和感觸，手寫影評於紙端，感慨「大道有序、天地無常」。「本無真、何有幻」——有感於《妖貓傳》。時有序、氣有盡、世滄桑，天地將傾，誰無恙；陰則粹、陽則剛、自恆長，豈恐寡人，畏炎涼。

看到劇中唐玄宗為了愛情方生方死、方死方生。

看到劇中的楊貴妃，為了愛與美，肉身隕滅。

女人如花，在驕陽下傲嬌的綻放，璀璨如火，女人似水，在清冷的鵝卵石上潺潺流過，婉約輕柔。這是對女人的兩種比喻，但是大部分的女人只能是如花或似水，卻鮮有如花似水的女人。

但是，我們如果能夠成為既能在驕陽下綻放的花，有能成為在小溪中潺潺而流的水，又何嘗不是一件美事。就像是我們既有外表如水的輕柔，又有著內心如花朵綻放的美妙，在言談舉止間，有著一個女人不動聲色卻又盡是聲色凜然。

女人，不必因為沒有國色天香而煩惱，也不必因為自己身材臃腫而鬱悶，要知道時間的強大，再美麗的容顏也禁不起歲月的打磨，再窈窕的身材也要被歲月所凌遲。但是，時間也不是萬能的，它無法對自信的笑揮刀，也沒辦法對優雅的舉止產生任何影響，它令美人遲暮，卻洗禮了優雅的女人。

有時候，我們也會問自己，什麼是愛情？

聽說過很多關於愛情的故事，也經歷了一些所謂的愛情，但

是，在笑與淚水中，我們記住的往往是淚水；在快樂與痛楚中，我們時刻想起的是痛楚。本以為，愛情就是我們人生的全部，最後才發現，再痛徹心扉的愛情，終究抵不過發工資時的雀躍；再刻骨銘心的愛情，也抵不過買到心儀包包的興奮。

於是，我們開始懷疑，愛情到底在我們的人生中占有多少位置。其實，就那麼一丁點而已，畢竟，除了愛情，我們更多的是食衣住行，除了所愛的人，我們有更多的人要在乎和關注。我們要拿出更多的愛給親人和朋友，我們要拿出更多的專注放在工作和事業上，我們要拿出更多的熱情給予我們所有的愛好和興趣。

看《妖貓傳》的時候，我特別慶幸，我是生在這個時代的人。

在這個時代裡，愛情不是人生的全部，只是人生的一部分，既然明白就要懂得取捨。就像電影中的劇情一樣，人有時候總是陷入愛情的痛苦中，然後在誓死掙扎的時候又抓住另一段愛情，就這樣，在愛中不停受傷、不停求救，卻全然忘了，放開愛情，或許會有另一片天地。

愛情和每一件事都一樣，用心做，用心感受，當失去之後也不必太過痛苦。忘記過去，重拾心情，告訴自己，愛情不是生命的全部，用心對待周圍的一切，就會發現美好，就不會有遺憾。到了該捨棄的時候，要學會毅然決然的捨棄，哪怕心有不甘，哪怕難過萬分，因為讓自己痛苦的往往都不值得珍惜。

沒錯，讓自己痛苦的愛情不算是一段美好的愛情，讓自己痛苦的人也不過是擦肩而過的路人，不必在意，不必為此長情困惑。

　　你的愛情，只是人生的一部分，不足以讓你的生命變得暗淡無光。

　　在當下，一個人女人或許沒有那麼貌美與闊綽，但是卻可以擁有自己的一片天地，獨自享受著洋溢著自信的笑，審視自己堅強的內心。或許我們不了解時尚的風潮，但是我們卻懂得生存的哲學；或許我們學歷並沒有高深莫測，但是我們卻給閱讀餘留更多時間；或許我們經歷並不豐富，但是我們也可以做到精於人情世故。

　　和故事裡的楊貴妃不同，我們可以在繁瑣的的世間，做一個如水內心、如花外表的女子。說到底，在意的越少，越能夠在複雜的社會中尋到最自然的簡單生活。

忽有故人心上過

寄言兩小女：大丫頭、小丫頭，你們要記住哦！女子需有外人不可掠奪之物，其為：獨立之思想、獨立之經濟、獨立之人格；始付出方回報，毋須豔羨旁人，唯己人生之主角。女子若外美為形，終有殆，不久矣；然，常美之物皆藏於內，其為：學識、才華及思想；必永伴此生。

北宋黃庭堅：「士大夫三日不讀書，則義理不交於胸中，對鏡則面目可憎，向人亦語言無味。」今日教導女兒，吾亦自勉之：「若有詩書藏在心，歲月從不敗美人。」

在這個世界，鮮少有人如驕陽下綻放的花，如溫柔清親和的春水，這一切，都依賴於後天的修煉。

不懼怕時間的女人，或許沒有那麼貌美與闊綽，但是卻有著洋溢著自信的笑和堅強的內心。

與人為善，真誠待人，簡單堅持，懂得感恩，才是一個人靈魂之中最高貴的部分。

要做一個不動聲色的人，並不是說，不動聲色就是沉悶，而是坦然與淡定。獨處的時候，勇於面對生活中的挫折與不幸；群處的時候，坦然面對生活中的冷嘲熱諷與肆無忌憚。

在繁瑣的的世間，要守著自己的初心。說到底，在意的越少，越能夠在複雜的社會中尋到最自然的簡單生活。

記住，不管在什麼時候，人都要依靠自己去努力奮鬥。

可能在途中，我們會遇到一些人，這些人覺得自己最重要的

就是嫁得好，然後嫁人之後就真的以夫為天，生命中所有的一切都為了家庭而存在，但是，這樣的人往往也會被命運捉弄，最終把握不住自己所認為的幸福。

很多時候，把生命完全安置在家庭中的女人，會缺乏抗風險能力。她們會陷入一種怪誕的迴圈之中，自身的惰性慢慢顯露，然後在家中安逸而閒散，忘了這個世界的殘酷。

這樣的日子過得久了，人生中可能會充斥著庸俗的電視劇和張家長李家短的雞毛蒜皮，缺乏語言體系，婚姻變成了沉默的盒子，或者是分崩離析。

所以，人應該要追逐什麼樣的生活？我想，每個人至少應該有一個愛好，一份自己喜歡做的事情，這件事不僅可以讓靈魂更有厚度，而且也能夠帶來豐厚的收入，經濟獨立的女性，才會有更多的話語權。

當你擁有昂貴的生活，而這一切又都不是我們自己賺來的，用愛情和身體獲得的只是一時的舒適，付出辛苦和努力獲得的舒適生活，才是屬於我們自己的。

靠自己努力得到一些東西，會對這個世界更有掌控感，正如我們嫁給優秀的男人，要學著變得更加優秀，而不是在愛情的庇佑下滋生懶惰。

再者，一百年前的女人們都懂得衝破外界枷鎖，讓自己在新學潮下積極向上，擁有自己的工作和事業，更何況百年之後的我們，難道要在家庭中庸俗到老嗎？我們可以溫柔可親，可以選擇服務家庭，但絕對不要犧牲自我。

我們必須奮鬥，即便只是全職在家，也要找一份自己喜歡做

的事情，不要讓雞毛蒜皮的那些事把你的人生拉低，把你的靈魂汙染。

做一個靈魂豐沛的人，需要有自己的事情，需要不忘初心的打理好每一個階段的自己。

紅塵煉心

「其嗜欲深者，其天機淺。」、「凡外重者內拙。」莊子的這兩句話，字字珠璣。

「倚天照海花無數，流水山高心自知。」曾國藩寫下此句詩時，可見其已識天機。寫下這句詩時，正逢太平天國起義，勢力猖獗，大清危在旦夕。曾國藩臨危受命，帶著四十萬湘勇精銳，成功解除了大清危機。而此時坐擁中國東南半壁江山的他，本可聽其弟曾國荃之言，揮師北上，取代清廷，可他搖頭不語，提筆寫下這句詩，表明心跡。天機深厚，非獨在天。

道就是道，不要執著於形式，紅塵煉心更為高。道無處不在，人人皆有道，人人皆修道。至於修得如何，皆在自身。相對來說，不出家的俗家人，在家如果條件容許的情況下，完全可以修行的。不一定就要出家去修行，住在廟裡也不見得就能清淨。常言道：「心靜萬事靜，心定萬事定。」紅塵煉心往往比在道觀和深山之中更難。

在塵世間，情感總難說明白，有種愛不是一轉身就結束了，而是即便兩人各自天涯，卻仍能夠感受到彼此的關懷與愛意。

愛是很玄的，說不清楚，道不明白，如剪不斷的麻，理不斷的絲。在世上偏偏有一種明知道沒有結果、還依然堅守放在心底不捨放棄的愛情，哪怕一絲餘溫也倍感親切。你來了，滿了他的相思之苦；你去了，瘦了他的一簾幽夢。

如果碰到一個人，願意待在你的身邊，不刻意打擾你的生

活，選擇默默為你守候，一路前行中能處處為你著想，不為與你在一起，只為看著你幸福。這樣的人一定要珍惜，那是前世修來的福氣。

張愛玲說過：「等待雨，是傘一世的宿命。」有些人的人生某個階段就是一把等雨的傘，這種感情或許是比知己更忠貞一些，比情人更純真一些。倘若有，請把握！

很多人都說，生而為人，我很抱歉，人活著實在是有太多痛苦要經歷了。的確，好的愛情不一定會持久，甚至都不一定會有好的結果。但是，這就是修行，這就是考驗，是我們需要努力達到的東西。

有人說，美好的人生都跟富裕而充足的物質基礎有關，從來沒有靠著物質富裕就能打敗一切的人。

的確，在當下浮躁的社會中，許多美好的東西從一開始就是建立在物質上，所以很多人忘了自己內心所尋的東西。兩個曾經相愛的人，可以在物質匱乏的時候瞬間橫眉冷對；因為生活的折磨，可以瞬間打敗談了八年的感情。這樣的故事太多，以至於讓我們誤以為，沒有物質就沒有一切美好。

但是，這個世界的美好，從來都不是想像中那樣慘澹。見過真正的美好嗎？因為志同道合而在一起的相輔相持，或許生活中經濟窘迫，但是彼此卻從容不迫的努力著，彼此之間的努力成為生活的動力。在人與人之間從未消亡的美好，能夠讓彼此更加珍惜，讓彼此更加理解對方，曲折之間有了更多關懷。

情感在塵世中可能是常常被人嘲笑的部分。但是正是因為感情的加持，我們在前行的路上，才有了更堅定的力量。

三生萬物

資生資始總陰陽，無極能開太極光。
心鏡勤磨明似月，大千一粟任昂藏。
神氣須如夜氣清，從來至樂在無聲。
幻中真處真中幻，且向銀盆弄化生。

《老子》第十四章有云：「視之不見名曰夷，聽之不聞名曰希，搏之不得名曰微。此三者，不可致詰，故混而為一。」

夷希，乃虛寂玄妙；微矣，不爭無我。這是道家所指的一種形神俱忘、空虛無我的境界。「道法自然」、「道之為物，惟恍惟惚，其中有物，其中有精」、「夷希微」三者混而為一，它是沒有形狀的形狀，無物卻有象。道是真正的混沌，它是無序的有序。

人能否掌握自己的命運呢？

其實，這是沒有標準答案的，要因人而異，不是因為所處的環境會影響她的抉擇，而是一個人的智慧和性格，影響著她的答案。

我觀察過，許多生相貌漂亮的女孩，前半生大都會比較順利，不管是找工作還是找對象，似乎要比長相一般的女孩子要順利很多，但是卻並不是完全美滿。這些漂亮的女孩往往在感情的選擇上很糾結，因為她們的備選者太多，往往在面對人性時，因為亂花迷眼，晚年十分不幸。

而相貌普通的女孩，面對感情都很謹慎，她們每一步都走得很穩，以天然和學習而成的美，令所喜愛的男人折服。所以她們的愛情或許平淡無奇，但大都幸福。

　　不輕率的做出任何一個選擇，才有可能讓自己的命運盡握在自己手中。

　　一個女人怎樣才算是把握住自己的命運？其實不外乎一點，就是做到了自己想做的事，嫁給了自己想嫁的人，而且不會因為自己所做的事最後失敗，不會因為嫁給了所嫁的人最後後悔，才叫做把握住自己的命運。

　　人從來都沒有未卜先知的本事，所以不可能怎樣才能過好自己這一生。或許彼此相愛，卻無奈情深緣淺；或許彼此並不相愛，結果攜手一生，愛情和婚姻對於一個人的人生是重要的，但不是非常重要的。一個人最重要的，是在任何時候都知道自己要什麼。

　　有人在選擇的時候過於感性，這樣並不好，因為感性不能放到生活的每個層面；有些人過於理智也不好，因為生活並不是打官司，每一樣都要有理有據。

　　說到底，什麼才是幸福呢？

　　其實，適合自己的就是幸福，就像是我們看到老夫少妻不禁開始八卦，當看到老妻少夫又不免有些嫉妒，實際上，我們往往看不到自己婚姻的幸福。

　　我們都是普通人，所以擁有更多普通人的愛情與婚姻，沒有小說裡的浪漫，也沒有小說裡的痛徹心扉，但是很平靜，有時爭吵，有時融洽，也許我們也會突然冒出離婚的念頭，但卻是

稍瞬即逝。

　　所以，作為女人，不管經歷怎樣的愛情，不管經歷怎樣的婚姻，一定要沉下心，不去看別人對你婚姻的指指點點，不必聽別人對你婚姻的說三道四。因為，婚姻裡的你幸不幸福，真的只是你與另一半之間的事！

還伏下什麼境遇與我相遇

最近俄羅斯這個戰鬥民族必須讓人拜服，收視率奇高的《通靈之戰》讓年輕人們趨之若鶩啊！我也回到了當年在大學時期瑟瑟發抖看《貞子》的年代，那時我們都是公共廁所，在寒風瑟瑟的深夜，一個長髮白裙的女生，實在忍不住尿意去了趟女廁所，基本上都是要鼓足勇氣的。說實在的，現在回想起來，為什麼當年女生們都要這個直長髮加拖地的白睡裙來彼此傷害。

這個節目的震撼力讓很多人感受到了通靈的強大，於是很多討論開始了，其實這是西方神祕學的一種，東方也有類似的法門和法術。

在這裡我還是善意的提醒大家，充滿求知欲、好奇心的去看看就好了，不要去模仿和刻意學習，因為不是人人都適合，而且通靈對本身身體的傷害很大，你沒機會見到像阿諾史瓦辛格、席維斯史特龍或者李小龍、李連杰、成龍之類的通靈者吧！他們要是和靈體一起出現，大概就是 80 年代港片裡的林正英師傅了。滿臉肅殺的正氣，絕對是驅魔好手，因為他們陽氣太甚了。小姐們，只能幻想一下你們喜歡的花樣小鮮肉們，變成美美的通靈大師的模樣。

很多人問，這個世界有靈體嗎？關於這一點，我想說的是，如果我們不能證明沒有，那麼也別太快說肯定沒有。現代物理學的高速發展已經可以證明，我們已經能看得見、摸得到的物

質，如果我們設定為「明物質」在這個地球為 1 個單位的話，那麼我們把看不見、摸不著的「暗物質」，它們在地球上就有 5 個單位。看來我們從地球的統治者變成了「少數派」，我們察覺不到的到底有多少目前無從回答。

我們來看看現在全世界的「身、心、靈」在三位一體的狀態下，我們先來看看自己的大腦，看看我們是否了解自己熟悉的身體。

1. 我們的大腦有 860 億到 1,000 億左右的神經元。神經元是在大腦中傳播信號的細胞，當我們還是胎兒時，大腦每分鐘會產生大約 25 萬個神經元，出生以後，這種增長速度會下降。但在一生中，大腦都在產生新的神經元，它們的數量大概是銀河系恆星數量的一半。哇！真的好強大，我們每天頂著半個銀河系滿街走的感覺，實在太拉風了。

2. 大腦裡有 96,000 公里長的血管，你的大腦消耗了身體 20％ 左右的能量和總的氧氣攝取量。所以思考是極其疲勞的事情，這比任何馬拉松、啪啪啪、鐵人 N 項賽都要累得多。而且大腦需要大量水分，身體只要脫水 2％，就能損害你的注意和記憶，而挨餓的腦細胞會開始互相蠶食，所以吃好喝好很重要。

3. 對時間的感知，是大腦接受多種資訊並進行組織後的產物，信號越多，組織時間就更長。所以當你在體驗大量新資訊時，會覺得時間過得很慢。因此，你也可以透過讓自己多接觸新鮮事物來讓時間過得更慢。從某種意義

上講，不斷的探索能讓我們感覺活得更久。當你終其一生都在學習新鮮事物的話，哈哈！恭喜你，你的感知時間長度會比很多人長很久很久，也就是大家開玩笑的說法：「你一個人活了人家幾輩子。」

4. 學習一定要是快樂、感興趣的才好，因為壓力和不愉快會殺死一些神經元，並阻止新神經元的生長。保持好心情，這不僅對你的情緒有益，對你的認知功能也有好處。

5. 無論你做什麼，你都在透過學習和行動，不斷重塑大腦，你可以同時啟動不同的腦區，讓神經元一起放電。比如你可以鍛鍊、冥想、學習新語言、演奏樂器或者解謎，這些活動都能讓神經元形成新的連接、不斷重塑大腦，使大腦轉得更快、更好。所以無論什麼年紀的人，都可以去玩一下猜謎、密室逃脫等，這都是對你的大腦啟動不同腦區特別有幫助的事情。當然我自己就是密室闖關王，但是不愛恐怖題材，因為前面說了，壓力緊張會讓大腦無法運作。

如果我們的大腦這麼強大，那麼我們來看看量子世界，從發現主宰電、磁和光線的宏觀經典物理定律在微小的亞原子尺度不再適用以來，一個全新的世界圖像正在被人們慢慢接受。量子世界的圖像，比絕大多數人認為的都要更豐富、更包羅萬象。

在這裡列舉量子力學本質的幾個事實，或許會讓你重新審視自己的存在和這個奇妙的世界：

1. 萬物皆量子。

2. 量子是離散的基本元素，但並不是微觀尺度上的所有東西都是離散和不可分割。

3. 所謂量子疊加狀態，就是指一個量子系統可以在同一時間處於兩個不同的狀態。

4. 量子力學可以完美相容於愛因斯坦的狹義相對論。

5. 在量子力學中，不確定性是基本而絕對的，不是由於實驗的局限性造成的。

6. 我們通常在大尺度上不會觀察到量子效應，是因為量子關聯是非常脆弱的，但它們主導小尺度。

想起當初和閨蜜們以及閨蜜們的先生們一起聊量子物理時，其中的郭先生是一位天體物理愛好者，他有感而發：如果量子電腦在我們此生能變為現實，那這個世界又不一樣了，其實世界不僅僅是我們認為的那樣，有好多別的形態並存著，只是我們的意識有限看不到而已，有一天我們可以去宇宙任何一個地方，那麼宇宙之外又是什麼呢？

關於這一點，霍金曾舉例，我們現在的這一重宇宙，是大爆炸開始的 140 億年前是有尺度的，在我們觀察的宇宙外面到底是什麼形態無法預料的，科學的定律肯定是不起作用的。多重宇宙說得到一部分的支持，人類是很難理解的，像我們站著北極，再去理解北極之北在哪裡。

很麻煩的包括大爆炸之前是什麼一樣，因為時間也是從大爆炸開始的，我們能觀察的三度空間加時間維度也不一定是正確的，可能有很多維度是我們不知道、不能察覺的，就像讓一隻

螞蟻去理解草叢之外的汽車、大廈、美國、銀河一樣，基本上沒用，更不用說網路和我們現在的社會了，即使是螞蟻裡面的愛因斯坦也沒用。因為大家的維度不同，這比雞同鴨講還要累呢！

記得有一次，和我的中歐商學院向教授提起超感應力，他是年輕才俊型的老古板，在他自己的專業領域絕對是頂尖人物，但是在他以往的學習和工作背景中，他實在無法去相信這些他看不見、摸不到的玄妙東西。他認真的跟我說：「我相信你說的話，但是你怎麼證明呢？」

我思索了一會兒說：「教授，跟你解釋這個課題實在太難了，說真的，感覺就像在給外星人解釋什麼是地球人的愛情一樣，這麼看似熟悉的主題，卻無從切入。我們生活的軌跡如此接近，一樣的膚色、國籍、語言等等，卻都無法把屬於我個人的體驗詳盡描述和傳遞給身邊的朋友，更何況其他資訊呢！」

談到這裡，《通靈之戰》裡的外籍小幫手們，到底是靠超感還是潛意識，或是其他途徑獲得各種神奇而又準確的資訊呢？這種體驗是什麼樣的感受呢？我們只能猜測和好奇，卻無法體會一二。

或許當量子物理更加研究深入和普及的未來，可以把個人化的體驗完美傳遞和呈現給每一個人，那麼我們就可以了解更多的未知，並感受到更豐富的生命形態。

大道有序，天地無常

江湖裡的水花

金庸的去世，讓大家都開始追憶自己的青春和年少，追憶那個有著江湖夢的年歲和豪情，追憶那個心裡懷揣著一個武林的熱血與憧憬，他帶給了幾代人美好的回憶。

在自己研究生班的群組裡，有友人問起：「若是能選一個金庸筆下的人物做伴侶，你會選誰？」這是個讓人覺得有樂趣的問題。

男士們先紛紛表態：

選趙敏，因為她不僅漂亮有能力，還是頂級的官二代；

選程靈素，她有滿滿的靈氣；

選瑛姑，不能選黃蓉，因為黃蓉實在太聰明，男人沒活路；

選雙兒，沒有理由的對男主好，會照顧人，長得又美；

選紫衫龍王，足足的異域風情；

選小昭，溫柔可心，體貼入微。

不過不管選哪個，都不能選周芷若，因為她是心機婊的傑出代表。

接下來換女孩們表態：

選喬峰，他是真英雄、真漢子；

選段譽，對神仙姐姐那麼癡情；

選楊過，那麼帥，武功又好，性情也很好，是個專情之人。

若要我選，我就選黃藥師，天蠍座選黃藥師一點都不意外，

他不但武藝高超、有安全感、才華橫溢，什麼稀奇古怪的都會，而且感情又專一，還是個好爸爸。

大家一番調笑完了之後，就又歸於安靜，或許大家都陷入了年少時的記憶裡。我讀金庸的年紀是少女時期，那時候女生們都讀瓊瑤的書，我的性格像個男孩，就讀了查大俠的書，其實裡面的主角，我倒沒有真的特別喜歡誰，我更喜歡那些配角，那些小人物身上的光輝。

第一個女性角色是李萍，她是郭靖的母親，查大俠給她取這個名字就表示她真是個普普通通的婦道人家，但是她卻展現出一個母親的偉大，當她和包惜弱都成為寡母之時，楊夫人是貌美如花，進了王府，雖說忍辱負重，但完顏王爺對她和楊康那都是真心相待，對楊康更是視如己出，日子不算煎熬，又有丘處機給楊過做師父，自然是讓自己安心不少。

而同為寡母的郭夫人就沒有那麼好運氣了，身懷六甲、四處漂泊在蒙古這苦寒之地，外族的身分讓她備受欺凌，她原本可以拿掉孩子，另嫁他人，也可以生了郭靖後再改嫁外族，但是她都沒有，她選擇了一條為母則剛的路線，咬著牙根獨自把郭靖撫養成人。郭靖自幼天資一般，前景不明，那時候江南七怪還沒有找到郭靖，孩子的前途未卜，自己已然被生活折磨的是半老風燭，但是她依舊沒有抱怨。

這樣的母親形象，是很多女性的寫照，為母則剛，無論一個女子如何軟弱，但她成為母親之後，都有一口支撐者自己的生命，就是讓孩子的成長與延續。

除了李萍，還有一個反派男性角色，其實就是那個自帶風火

輪的金輪法王。這個人物的設定極其有意思，他雖然早早貼上了標籤，是一個 100%反派 BOSS 級人物，但是書中他卻沒真正幹過什麼大奸大惡之事，他是蒙古密教金剛宗，也是蒙古國國師，他所作所為都是基於自己的屁股坐在哪個凳子上，他心裡念的、口裡說的、手上做的，皆是代表蒙古人的權益，按蒙古人的眼裡，他是個大好人、大英雄。

金輪法王曾收過三名弟子，其中的大弟子資質聰穎，卻英年早逝；二弟子達爾巴性格忠厚，但資質魯鈍；三弟子霍都因性格巧詐涼薄，故不為乃師所喜。是故國師亟欲另覓良材，將自己的一身無上絕學傾囊相授。如此來看，金輪法王就是八字裡沒有好徒弟的命，可是他還是極其執著的人，堅持要找人傳承自己的武藝。

此人吃了敗仗也不氣餒，也不玩陰的，為報數次敗給楊過、小龍女之仇，回到蒙古後苦練武功，最後終於衝破「龍象般若功」第九層難關，達到第十層的境界。在過了差不多十六年之後，回到中原與裘千仞激烈交戰；在使出「龍象般若掌」與其「鐵掌」大戰一天一夜，最後以一招重擊卻其性命。可見其持久苦修，不斷精進，自我要求甚嚴。

後來金輪法王遇上了郭襄，因為楊過、郭靖的原因將其帶走。相處日久，卻對郭襄的聰敏和膽識十分賞識，欲收她為徒。在蒙古軍中，金輪法王摒棄了國仇家恨，收郭靖之女郭襄為徒，將一身武藝傳授給她，授其瑜伽密乘；後來，國師見郭襄跳崖，傷心落淚；國師本不忍將郭襄綁赴高臺，最終到緊要關頭捨命救了郭襄，令人歎息。

這個小人物的堅韌、刻苦、剛中帶柔讓人印象深刻，特別是他收郭襄為徒之後，對其猶如親生女兒一般關愛，舐犢情深之意也如慈父一般，一個再叱吒風雲、再剛毅的金輪，在師徒之義、父女之情中，也如金遇火煉最終成了繞指柔，為徒兒毫不猶豫的捨棄了萬人豔羨的榮耀與富貴，甚至於自己的生命。

他們兩位就如江湖裡的一點水花，在查大俠的書中也只獲得了點墨而已，但那份小人物的情真意切，卻比很多名門正派、天下揚名的大俠更令我感動。

誰人道：金庸之後無江湖？

那個江湖，永遠都在我們心中……

追尋陽光的氣場

十月已經接近尾聲，南方的陽光依舊和煦，穿著薄長袖出門，旁人也不覺得奇怪，每天看著江面上被陽光曬如暖洋，總是有一種幸福的感覺。原來深秋看到陽光明媚，就能有一種安定感，衣服被晾曬之後，滿滿都是陽光的氣味。

我自小就喜歡接觸那些積極向上愛笑的人，那時不知道什麼原因，只是覺得和他們這樣的人待在一起是讓人舒適的、暖心的。長大後越來越喜歡這些人，也漸漸明白了其中的道理。

每個人身邊總有一些特別積極正能量的人，他們倒不是不發脾氣、不罵人，而是不管遇到什麼困境，他們總能咬著牙去努力，哪怕最終失敗了，也是盡力而為，不後悔不虧欠。如果那人還是個好脾氣、好性子的人，那更是讓人更加喜歡，因為脾氣好，有時除了天生的心性，還有後天修為和自律而成。

這些正能量的人，一般來說都愛和你說一些積極的事情、美好快樂的事情，別人的優點和成就他都看在眼裡，別人過得好，他也真心為之高興。與這樣的人相處，可以少帶很多心思，因為他們本就不複雜，正所謂「大道至簡」。

你觀察他們的面相，大多有一雙清澈的眼睛，哪怕有些呆萌和疲憊，但是依舊清澈真誠。有些還帶著自然的嘴角上揚，好像總在微笑一般；更有笑紋明顯的，因為總是愛笑，那笑紋自然跑不了。遇到這樣的朋友，大家真該好好賴著他，別讓他跑了，平日朋友間多走動走動，總能感染些正能量。

大家身邊也有一種朋友，每每談及的話題多為某些人、某些事的不足、不好、不盡如人意，那些社會上消極的負面新聞，他們大多了解得很，轉發和閱讀的也是哪裡又出事了，誰誰誰又坐牢了……，漸漸的你會發現，你很想隱藏他的朋友圈，甚至不想看到、聽到他說的事情。這一切都是真實發生的，但是為何自己就不願意去看到這些負面的新聞和內容呢？

　　其實道理很簡單，比如你逛拍賣網站，看著琳琅滿目的商品，看著各種或真或假的評價，看著各種自己明明不需要但是又想買的商品，流覽了半小時之後，你忽然會覺得很疲憊、很煩躁，因為它們增加了你的欲望，撩撥了你原本沒有的訴求和想法。但是你的「高我」比「本我」更加清醒，他在以潛意識傳遞反感的資訊給你，若是你沒有接收到這些資訊，因而買了一堆實際不需要的物品回家，很快你就會陷入後悔的感受裡。

　　每每打開網路新聞來看，我都覺得頭疼，裡面很多無聊和無關緊要的資訊，被硬生生加工成了所謂的「新聞」。我平常都只敢看國際新聞，因為社會新聞和地方新聞的版面底下，經常充斥著各種灰暗而負面的資訊，有人又被殺了、被傷害了、哪個名人又出軌了、老人的養老金又被騙錢了……等等。這些新聞確實也是實際發生的事，但是寫報導的人往往為了更生動，經常加以渲染，而不是客觀平實的敘述一件事情。這讓閱讀者更加感受到痛苦和難受，而我不願意讓自己沉浸在這些已然成為負能量的客觀現實中。偶爾有些積極向上的人和事情的報導，但看看新聞下面的評論，發現很多人習慣從陰暗面去評價一件事和一個人，所以看了也是讓人心裡不舒服。

　　世界的萬事萬物都是陰陽一體，有好自然有壞，有光明自然有黑暗。心懷光明者，應該多看積極的內容，多看社會上互助互愛的新聞，多看導人為善、教人學識和道理的書籍，多結交性格正面積極向上的朋友，這樣吸收的就是正能量，吸收的都是正面的磁場影響，吸收的都是陽氣。

　　你會神奇的發現一個事情，就是當你吸收和傳播都是正面能量時，總是有一些預料不到的好事情來找你，人也變得幸運起來，旁人看你也覺得你氣色更好、神采奕奕，在工作、生活、情感上都變得更加順利。而常常看那些負面資訊、談及過多負面言論的人，就容易陷入負面的磁場，讓自己疲憊和難受，連運氣都會變差。這種關聯性在很多西方著作裡都有提及到吸引力法則，包括各大宗教書籍裡「正念力」的觀點，其實都是如出一轍。

　　那麼有人問，A 君就喜歡看人家好的地方，收取和傳播好的資訊，而 B 君就相反，那麼怎麼改變 B 君呢？

　　這個時候建議他多去戶外運動，多看山川、河流、大樹、陽光，看自然萬物的生命蓬勃；多去寺廟、道觀、圖書館、書店走走，感受文化之氣與信仰之氣；或是在家抄抄經書，哪怕是練練字也好，感受專注之氣；多曬太陽、多喝熱水和熱茶，吃些可口的五穀雜糧，感受五穀食養之氣。

　　最快速的方法，就是趕緊和正能量的 A 君待在一起，自己閉上嘴，多聽多看多想別人積極的處事方法和態度，很快就能從身邊的正能量朋友身上汲取到養分。

　　最後一點，我們常常受周遭事物所影響，有時就會往負面

情緒和磁場去，這時候我們需要經常提醒自己，讓自己遠離負面能量，追尋光明與愛，追尋內心的正能量。願大家諸事順遂、笑口常開。

菊花何太苦，遭此兩重陽

菊花豔盛的時節，白天雖暖陽覆身，夜至，寒意已濃，此時，沒有什麼比喝著二兩溫熱後的老黃酒、就著幾顆花生米，與知己友人談天說地更有樂趣。

想起李白的《九月十日即事》：
昨日登高罷，今朝更舉觴。
菊花何太苦，遭此兩重陽？

昨日與幾位友人談起，無論有沒有信仰的人，都在走一條自我修行之路。修行本來也不是宗教專用詞，現代化意義上的「修行」，更多是指人的自我認知與自我提升，因此可以說人人皆修行，萬物皆有靈。

有位醫生朋友說，自我的修行很難，經常提到要做到的「清靜」、「空」、「平和」、「心不動」。說到這裡，每一個詞都是一個很廣闊的話題，我就用簡短文字，說一點很淺顯的個人理解。

關於「清靜」：
其實自我修行也就是自我提升的過程，每個人都有本我、高我，我們有時明明知道一個道理，知道不要有分辨心，但是我們看到一些人和事情就會心生厭惡，看到一些人和事情

就會心生喜悅。如此來來去去，這如何清靜。這個清靜是內心平靜平和，無論身處何處喧鬧、心處何種煎熬，都能儘量做到，秉承正念平和之心，奉道而行，任它雨打風吹去，我自巍然不動，以此念入身心，方得清靜。

又有云最高的修行就是紅塵煉心，而不是隱遁於山林之間。那麼紅塵囂囂，又哪裡有清靜的感覺。其實我們的生命自初始就未有一刻閑停，體內數以億計的細胞不斷在分裂、成長、衰怠、死亡又新生，每秒都在自我運作。就算我們的肉體死亡之後，也如其他有機體一般腐敗、分解、轉化成為其他養分來滋養眾生。

因此，老子有言：「沒身不殆。」講的正是本我的存在，不會因為身體的死亡而結束。對身體和本我之間的動、靜，用中國傳統文化的「陰陽觀點」去觀照，方能印證老子之言。

關於「空」：

道教《清靜經》所言：「三者既悟，唯見於空」是什麼意思呢？我們如果能正信、正行、正德，自然會進入真空狀態，這是《清靜經》裡所言「唯見於空」的境界，此空是真空，絕非頑空。因為真空裡面有天、地、人、萬物，被真空所涵，如果不能正信、正行，正德，在打坐時極易進入一種執迷的頑空狀態。

在修行之時，內心奉持正念，正行此念、大放光明，透過外在踐行此念、無掛無礙，此是無上大道。

關於「平和」：

平和之所以難，就是因為生活中情緒的起伏很多，這就是關於後天情緒宣導的問題。其實質是歸於借假修真的範疇，借用後天情緒的力量，在現實生活中，去追求先天大道。情緒的控制、宣導、呈現，也是陰陽觀，在收放控制、宣洩情緒自如的過程，能不違本心、與道同行。

我們在成長之中，每每回首一些往事，當初的憤怒和悲傷，隨著時間的流逝變得更加淡漠了，面對新的悲傷和憤怒，我們開始變得沒那麼激動了，看似心量逐漸撐大了許多，其實這就是內心平和的修行工夫。

關於「心不動」：

「心如如不動」，這裡說的「心」不是日常之中我們的心念，如如不動的心是自我修行的心，自我提升德行的心。道教典籍中有：「靜時煉命，動時煉性，事來應機，事去不留。」證明「不動」需要靠「動」來呈現，就是不動與動之間的辯證關係。在時時活躍的思維和刻刻蕩漾的心念裡，我們只要保持「自我修行」的要求之心，行走天下依舊可以做到心如如不動。

鴻雁來時，無限思量

重陽之後，還在山間遊蕩，遲遲不想回去，倦戀的就是這山間的清靜和悠遠。山間的日頭是好度的，看看竹子和溪水、野草與攀藤就打發了半日有餘。傍晚，喝著清茶、就著菊花糕點，和友人講著前些天在網上看到人家寫班超的故事，因此就自己再改編改編，換個角度把這個故事說說，就像西遊記，誰都可以說上一段：

那是一個春天，我記得是西元 76 年的春天……

建初元年（76 年），襄親愍侯梁竦之女懷揣著一顆對未來的憧憬之心，進了宮。因為曾有隱士預測其子貴不可言，堪任社稷，梁家人都明白，這話聽了自然是不能外說，那是要掉腦袋的事情，但是內心的期待和喜悅自然不勝枚舉。

建初三年（78 年），班超率領疏勒等國的士兵一萬多人攻破姑墨國，斬殺了七百人，將龜茲孤立。

進宮之後，章帝劉炟見梁女年輕貌美，自然喜歡，寵幸之後封了貴人。兩年後，梁貴人有了身孕，一把喜脈都認為是男孩，貴人自然內心歡喜得很，一切似乎都朝著隱士說的方向前行。

建初四年（79 年），梁貴人忍著劇痛生下了面若玉冠的皇子劉肇，這是章帝劉炟的第四子，生的孩子還沒那麼多的時候，帝王對這個孩子自然疼愛有加。

彼時的竇皇后沒有生出嫡子，眼看著妃嬪們爭先恐後的生育，心如熱鍋之蟻。環視後宮一圈，偏偏看上了這相貌周正的皇四子，相士一看便言此子乃人中龍鳳。於是不用看宮鬥劇也能想像得出來，竇皇后總能找到些辦法誣陷梁貴人。

而梁貴人好歹也是仕家之女，自然知道皇后存什麼心，圖什麼謀，這隱士說的沒錯，這孩子是天生自帶滔天的富貴，皇后看上了，離太子也就一步之遙了，只是自己看到了開始，卻看不到結局，隱士看到了結局，卻沒告訴她開始，不久之後梁貴人就被誣陷而死。

既然生母已死，自然不能讓這可憐的孩童沒了娘，皇后說實不忍其年幼喪母，決意親自撫養劉肇，視如己子。

建初五年（80年），班超上書給章帝，分析西域各國形勢及自己的處境，提出了要趁機平定西域各國的主張，提出了「以夷制夷」的策略。章帝覽表後，知道班超的功業必成。

建初七年（82年），章帝聽從皇后建議，廢皇太子劉慶為清河王，改立劉肇為皇太子。

建初九年（84年），朝廷又派和恭為代理司馬，率兵八百增援班超。

章和二年（88年），漢章帝逝世，劉肇即位，為漢和帝，養母竇太后臨朝稱制。此時的大漢最要緊的就是西域，而西域有班超駐守，自然朝廷安心。

永元十二年（100年），彼時的和帝是個21歲的年輕人，他擁有著富庶的國域和綿延的西域通商之路。自由經濟與貿易往來，使得這個年輕人的帝國，比他的父親和祖父都更加富饒

強盛。他能有如此的後盾，就是因為有班超，有些人天生註定就有與眾不同的使命。

班超此時已經 68 歲有餘，這在古時已經是風燭殘年，古稀老人最期望的就是落葉歸根，能再吃上一口兒時的麵餅，喝上一口家中的老茶，自己身後能魂歸故土，於是班超執筆寫了封令滿朝動容的奏摺，要求只有一個——回家。

這份無奈的索求讓和帝為之動容，自他兒時起他聽的、看的都是這位英雄的故事，雖然他是臣，自己是君，但這一點沒有影響少年成長之中的英雄情結。

他比任何人都想幫助班超實現人生最後一個願望，只是無人選可以接替，便沒了回覆。

塞下秋來風景異，衡陽雁去無留意。

四面邊聲連角起，千嶂裡，長煙落日孤城閉。

濁酒一杯家萬里，燕然未勒歸無計。

羌管悠悠霜滿地，人不寐，將軍白髮征夫淚。

永元十四年（102 年），班超年老思鄉，上書乞歸：「臣不敢望到酒泉郡，但願生入玉門關。」所言所欲，滿朝皆慟，但朝廷久未答覆。

直到班超和班固那位才華橫溢又在宮廷之中為妃嬪們講學的妹妹班昭，上書為兄求哀：「古人少時十五從軍，老邁六十解甲。今，兄年逾七旬，冒死請求，讓駐守西域三十一年的老臣，可以生還故里。」

漢和帝感其言，征班超還。八月，班超回洛陽，拜為射聲校尉，九月悄然離世。

西域都護，由任尚接任。交接之時，任尚真誠的向班超求教：「您鎮守西域三十年，定諸多經驗，請教導一下我。」

班超看著眼前血氣方剛的青年將軍，彷彿看見了自己年輕時的身影，神情變得和緩而慈祥。他欲語還休，他有很多經驗可以傳授，但他知道一個事實，年輕人不自己碰壁，你說再多皆是枉然，但又不能不說，不想看著後輩走彎路，說多了沒有重點又遭人嫌棄，還是揀重點說說好。

於是他緩緩言道：「我們這西域守軍皆是犯法之人抵罪充軍，又與西域蠻夷混居，習性更是難以教化，望今後，寬容其小過小失，存其大理大規即可，水至清則無魚，人至察則無徒。」

任尚聽後一愣，久久沒有回復。班超走後，任與幕僚席間談及此建議，心中不屑之情說：「我以為老都護何等智勇，建議自然是妙法頻出，想不然其建議卻如此這般而已。」

古有云：「井蛙不可以語於海者，拘於虛也；夏蟲不可以語於冰者，篤於時也；曲士不可以語於道者，束於教也。今爾出於崖涘，觀於大海，乃知爾醜，爾將可與語大理矣。」

班超三十餘年的經驗，化成一句話，字字珠璣，寶劍鋒從磨礪出，梅花香自苦寒來，老都護的一番苦心，比西域的寒冰還要艱深；春風不度玉門關，在來年春天，這份苦心就此化為了一江春水，任意奔流而去，沒了痕跡，仿若一切都沒有發生過。

結局無需多想，任尚的嚴苛治軍戍邊，大失軍心，失和於夷，故諸國俱反，永失西域。

元興元年（105年）班超離世三年後，漢和帝病逝於章德殿，終年 27 歲，諡號孝和皇帝，廟號穆宗，葬於慎陵。

深秋絕塞誰相憶，木葉蕭蕭。
鄉路迢迢，六曲屏山和夢遙。
佳時倍惜風光別，不為登高。
只覺魂銷，南雁歸時更寂寥。

友人們聽罷之後，A 小姐是文學博士，她說：「班超精於克敵，卻不懂得從自己身邊尋得可靠的接班人，培養、傳授，進而向皇帝推薦。所以榮光只有幾十年。舉賢，是大功，有時更勝自己立功，所以伯樂垂名。而且因為沒有可靠的接班人，自己不得不邊防至耄耋。」

在一旁的 X 先生是位管理學博士，他說：「當然歷史還有一種可能：班超培養接班人向皇上舉薦，可能是兩個結果，一是兩人一塊被幹掉，二是他回朝之後被誣陷致死。如果班超自己培養自己的接班人或心腹，有可能活不過終老，皇上不會讓他在西域獨大，這就是政治。」

另一位 Y 先生是位優秀的企業家，他說：「若班超盛年回朝，很大的機率是找死。那年頭，不結黨、不擁兵自重，是首要活命法。其實朝廷從來都不放心，常派人去監軍。另外，小任去接替，完全改變做法，未必都是自己的主意，也許就是朝廷有一些『潔癖』的權臣的要求。同理，班超若早點回朝，以他在邊疆老大的習慣，很容易目中無人，觸犯朝中重臣，而老班治

邊，必然有很多汙點，從他傳授經驗可知，這是朝中『賢臣』不可接受的藏汙納垢之法。所以，現在的結果也許是最優的結果。班超基本完美，朝中無人是壞人，皇上既信任倚重功勳老臣，又體恤下情，及時召回，皆大歡喜。唯一背鍋的是小任，最後都沒責任，就怪年輕不懂事，死讀書。其實哪裡會因為治軍嚴苛就丟了西域，不過是 30 多年，在古時可以生出兩代人，西域的駐守軍隊肯定有很多已經是小主管了，老上級走了，那就是換新人的時候，這些人豈能容得了？這本來就是註定的結局，只不過小任同學背了鍋，最終大家感慨一句，我們要以史為鑑了。」

A 小姐繼續說：「我們所能看到的歷史，也是故事居多。尤其漢朝久遠，經歷多次焚書、遷徙，當然哪怕是偽史，今人從中有所受益，就是好的。」

我接過話去：「就像所謂玩笑，所有的玩笑都有認真的成分。就像沒有口誤這回事，所有的口誤都是潛意識真實的流露。歷史裡有故事，故事裡有歷史。」

大家討論完了，各個陷入了更深的思索之中，我們看一件事情，是不是只有一面，還是應該多些角度去了解和思考？歷史雖然講完了，這本是哄孩子的故事，但是你在裡面看到了什麼？他又讀到了什麼？想必每個人都有不同感悟，但一定有只屬於你自己的那一點靈機。

「蘭因絮果」怎奈何「靡不有初」

　　這幾天鬧了個笑話，一來我沒看過連續劇《如懿傳》，在其大結局的第二天，我發現不只一個朋友在朋友圈裡寫下：「蘭因絮果。」我猛的一驚，一來驚訝於大家如此一窩蜂的分手，二來驚訝於廣大青年普遍運用這麼有文化的方式表達自己的情感遭遇。於是顧不得驚訝，我開始發揮暖心阿姨的特色，趕緊留言勸解到：「緣分盡了，不必執戀，正如『靡不有初，鮮克有終』。」結果可想而知，換來一堆白眼，後來問清楚了，只怨自己沒跟上時代與潮流，才誤會了人家的解意。

　　笑過之餘，不由沉澱下來，思索這兩句話的含義：

　　首先，「蘭因絮果」的「蘭因」，比喻美好的結合。春秋時鄭文公侍妾燕姞夢見天女贈給她一朵清幽的蘭花，不久她就與鄭文公結成了夫妻。所以「蘭因」經常被用來比喻像蘭花一樣美好的前因。「蘭因」是佛教用語，講究因果，講究參禪，講究了悟，這個詞的意思可以說是參透因果。

　　而與蘭因相對的是「絮果」，佛教認為找到了蘭因，人就找到了永恆的歡樂。這裡大概意思是說看透世事、忘懷煩憂，找到真正的快樂。而「絮果」則是比喻離散的結局，比喻男女婚姻初時美好，最終離異。

　　而「靡不有初，鮮克有終。」出自《詩經 · 大雅 · 蕩》，意思是沒有不能善始的，可惜很少有能善終的。事情都有個開頭，但很少能到終了，這句話多用於勸解人要善始善終。

　　為何開始的美好，到後期總是會走樣？就像很多人說愛情是個奢侈品，因為它如煙火般璀璨而短暫。人與人的相處之間，走著走著就放大了彼此的缺陷，看著看著就看淡了彼此的優點，又少了初識時的客氣和進退，也沒了婉言與迴旋，於是常就惡言冷語、彼此怨懟，慢慢的相看兩生厭，自然而然是抵抗不過歲月流逝洗滌。

　　說到情感也沒什麼好的解決方法，只能要求自己把對方的優點列上十大條，貼在自己的筆記本內，每天想要吵架罵人時，把想說的話寫下來，如曾國藩一樣，這些罵人的、怨氣的話語寫在紙上，過一小時再去看看，好像沒那麼氣了。這時便翻開筆記本首頁，上面赫然寫著「自己選的人，沒人逼你」、「吃得鹹魚抵得渴」、「買塊梅柳總得搭上點豬腩」諸如此類的話語，而第二頁就看著對方的十大優點（建議內心默讀對方十大優點三遍以上），那時候氣就消除了大半。

　　吃貨們再去吃點好吃的，健身族的就去流流汗，文藝青年就去看看電影，閒得無聊的就去滑一滑手機，讓自己多分泌一點多巴胺，很多事情也就沒那麼氣了。

　　雖然上面有些是玩笑和戲言，但是道理確實如此。

　　人到了三十歲之後，就會開始自發的進行不定期自省，而每個人都會經歷自我批判的過程，我經歷過很多次。覺得自己很多行為沒有好的結果，或者本心是善意，結果卻走樣，以前經常糾結為何會變成如此，並黯然神傷。

　　但隨著年紀增長，託上天的福，不是只讓自己長了體重和皺紋，還是捎帶著也長了點腦子。這就明白自己所處的所有處境

都是鏡子的反射，就如早上你看中了牛仔衣，穿上後鏡子裡就出現了一個牛仔休閒的你；你若是選了套裝，鏡子裡就出現了一個職業氣息的你，一切都源自於你選擇什麼的衣服。

同理，你所處的人生現狀，也都是自身無數個決策的集合呈現，一切一切的緣起是自己，緣滅也是自己，這是你為自己創造的現實景象，而旁人對你的態度、方式、言語、行為等，皆由你自己招引和回饋。當然，並不是所有旁人都是公正的、正直的，他們一樣是凹凸不平的，他們和我們一樣有偏見、固執、自以為是、放大自我感受等問題，但是他們對於不同的人的不同方式，也側面印證了你釋放出去的資訊在他們處理加工後，以他們的認知來認知，再給予你不同的回饋。

無論佛教、道教都建議大家把問題的核心放在「自我」身上，在別人身上找不到根本的答案，因為真正的問題和答案以及解決方法就是自己本身。於是，客觀的自省變得尤為重要。

我曾經嘗試著把自己的問題一個一個列清楚，期望改變它們。這個過程很痛苦，因為一旦你以客觀的視角去審視自己，你可以輕鬆寫下自己的一籮筐缺點，關鍵在於，那些缺點裡面有很多就是你平日最厭惡別人的地方。這個過程初期，我寫得很沮喪，因為原來自己的缺點遠遠比自己想像的多和深。

最終我才明白，其實那就是我，缺點和優點共存，陰陽一體，如同一個人的正面和背面，從來不可能一刀下去，只要陽而不要陰，那就不是自然之道。接納自己的不完美，這也是人的神性之所在，正是因為有了這些不完美，才使得我們的優點熠熠生輝。

　　所以革除積弊不一定是好的方法，因為弊是與我們同生共死的，我們只要認知它的存在，接納它，一段時間後你會發現那些「弊」好像弱化了很多很多，這種方式會更加自然與持久。

　　正如很多直擊人心的愛情故事，若干年後女主對前男友說：「那時的我很快樂，覺得我們終於在一起朝著未來起步了，可我沒想到那就是我們的終點。」

　　接納自我的真實，就是接納自己的不完美，比接納自己不完美更重要的修行就是，學習接納別人的不完美。

突然的自我

　　閒來一日，孤在窗邊，耳畔傳來的音樂，細細一聽，是伍佰的《突然的自我》，那本就是我喜歡的一首歌，不由跟著哼唱起來：

> 聽見你說，朝陽起又落，晴雨難測，道路是腳步多。
> 我已習慣，你突然間的自我，揮揮灑灑，將自然看通透……

　　世界很單純，人生也一樣。不是世界複雜，而是你把世界變複雜了。沒有一個人是住在客觀的世界裡，我們都居住在一個各自賦予其意義的主觀的世界。所以我們每個人都有一個屬於自己的宇宙，一個屬於自己的幻境。

　　隨著年紀的增長，越來越多的人感受到孤獨與無力。

　　真正的孤獨並不是身邊無人，感到孤獨的真正原因，是因為一個人無法與他人交流對他最重視的感受。當你發現自己雖然身在鬧市、交際廣闊，卻沒有一個人是你可以放心傾訴的，沒有一個人願意嘗試，真正的陪你一起站在你的角度，與你一起體會生活的起伏，此刻你的無力感和孤獨感就會油然而生，並且在你無法察覺到根源所在之前，你會陷入更深的焦慮之中。

　　有時候我們用強勢的姿態來驅趕那些「孤獨」，期望在我們活潑多彩，熱鬧非凡的人生中，不再有那份失落。但隨著強勢

所帶來的就是「衝突」，在面對衝突之時，又基於我們每個人的天生性格，產生了不同的應對方式，但我們內心的修行做到足夠之時，就能開始變得「坦然而寧靜」，真正的坦然且淡定對最強烈衝突的克服，使我們獲得一種穩定超然的安全與寧靜感。要獲得有益而持久的心理安全與寧靜，所需要的正是這種強烈衝突的大爆發。

這似乎又回到「陰陽一體」的觀點，這個看似很傳統、很古老的學說理念，其實貫穿著每個人的一生，也貫穿著心理學。

「陰陽」的理論在生活中時刻呈現，正如人生有兩大悲劇：一個是沒有得到你心愛的東西，另一個是得到了你心愛的東西。然而人生同時又有兩大快樂：一個是沒有得到你心愛的東西，於是可以尋求和創造；另一個是得到了你心愛的東西，於是可以去品味和體驗。

亦如一年中的夜晚與白天數量相同、持續時間一樣長。即使快樂的生活也有其陰暗筆觸，沒有「悲哀」提供平衡，「愉快」一詞就會失去意義。耐心鎮靜的接受世事變遷，是最好的處事之道。就像不成熟的愛是因為我需要你，所以我愛你；成熟的愛是因為我愛你，所以我需要你。生活充滿了這樣的辨證，也充滿了陰陽兩面，只是你選擇看到什麼而已。

很多人在壓力之下，開始懷疑自己是不是開始有些小問題，比如「輕度抑鬱症」，其實按照一位心理學家的判斷標準對標一下自己，也是滿有道理的。他說：「但凡精神健康的人，總是努力的工作及愛其他人。只要能做到這兩件事，其它的事就沒有什麼困難。」以這個標準來看，很多人都是健康的，只是

偶爾有些情緒的壓抑感和情緒宣發不順暢。

這種壓抑感和莫名的不暢感，你可能狹義的理解為「孤獨」，其實也是潛意識在提醒你，多一些關注自己的內在，多一些覺知的觀照自己，那麼具體如何覺察和觀照自己呢？可以嘗試以下幾種方法：

1. 每天一個人安靜的坐十分鐘，傾聽你的氣息，感覺它，感覺你自己，並且試著什麼都不想。

2. 吃一個水果前，從香氣到色澤來欣賞它至少三分鐘，再慢慢的開始品嘗，每一次吞咽至少咀嚼 14 下，感受它從口腔滑入食道到胃的感受。

3. 給自己一個放鬆的淋浴，只是靜靜的站在花灑之下，不用任何清潔劑，只是感受溫熱的水花灑在皮膚上的每一次跳躍，感受皮膚和水的接觸與融合。

當你開始用更加深層的方式去感受自我之時，你會忽然獲得很多靈感與喜悅感，還有寧靜的充實感。享受孤獨帶給你的昇華與洗滌，「孤獨」也是陰陽一體，它其實沒有那麼糟糕，只要你學會以平和的心態接納他，你就慢慢開始會習慣孤獨、享受孤獨，進而看到更完整的自我，和不為自身認知的一面。

此刻我繼續哼唱著：

把開懷填進我的心扉，傷心也是帶著微笑的眼淚。

數不盡相逢，等不完守候，如果僅有此生，又何用待從頭……

你喜歡自己嗎

又到年底了，身邊一波朋友，包括我自己，都開始進行年終反思。反思自己這一年的工作與生活，反思這一年自己的進步與不足。

靜思己過後的幾天，發現這個過程就是以第三人稱的狀態，圍繞著這幾個問題去看待自己。如果你有興趣，也可以嘗試著問問自己，並且給自己打個分數，打分不用思來想去，潛意識閃過的那個分數就記錄下來，然後潛意識閃過的給分理由也記錄下來，可能結果經過你的理性思維分析後，你不一定認可，但是尊重潛意識一次，讓他來給個分吧：

1. 你喜歡這個「你」嗎？
2. 如果喜歡，最喜歡哪些地方？
3. 如果不喜歡，最不喜歡哪些地方？
4. 預測一下這個「你」，未來一年哪個問題可以改善，哪個問題死性不改？
5. 觀察下這個「你」，目前最急需改善的是哪個問題？

當然我也得出了很多結論，具體的我就不累述，重點是，我依舊犯了去年那些錯誤，依舊喜歡看破說破，依舊沒管住自己的嘴，沒有學曾國藩那樣修剪自己的行為，把想批評的、想戳破的都寫下來。因為話說出去就沒有餘地可言，但是放在紙上

就沒有這個問題了。

我給自己打了一個 70 分的評分，比去年高了 2 分，這 2 分已經頗讓我欣慰了。而這 2 分主要源自於我今年在雙 11 沒有對淘寶做太多貢獻，覺得自己沒那麼衝動購買了，幫自己按個讚。

冬至了，廣州還是 27 度的高溫，想說吃個羊肉來應景都怕上火。火毒上來了，沒有瀉火的途徑，那些虛火就越燒越旺，人就變得愛自尋煩惱。這幾天在群組裡喊「煩惱」的夥伴，人數明顯比氣溫十幾度的時候多了許多。

人人皆愛說「煩惱」，「煩惱」多為妄念而生，想一想自己所謂「煩惱」的事情，是吃不飽、穿不暖還是生死大事？如果都不是，那麼那些煩心事頂多只能算是「幸福的矯情」。

矯情歸矯情，既然向外看有煩惱，那麼咱們就向內看看自己，給自己做一個覺知練習，問自己一個問題：「今天的你還是你嗎？你是否很想念自己？」

這個問題的答案各有不一，目的只有一個，不要只是向外看，學著關愛一下自己，看看「自己」的真正訴求是什麼？

記得尼采曾經在《人性的，太人性的》一書中說過一段話：「極端的行為來源於虛榮，平庸的行為來源於習慣，狹隘的行為來源於恐懼。這樣來尋找原因通常不會出錯。」

我們日常的情緒和行為方式中，無處不透露著自己的執著，各式各樣的執著構成了我們一個又一個行為和決定。我們甚至看不清自己的動因是「執著」，只是一廂情願的認為自己該那麼做，於是就跟隨本心本願去做了。

其實很多看似自然而然的，都不是那麼自然，而是一份執著心在支撐。

宗薩蔣揚欽哲仁波切也曾經說過：「我的朋友當中有些是世俗意義上的名人，我從來沒有告訴他們要放棄名利和金錢，我總是鼓勵他們要有抱負，要更加有名。佛教跟世俗生活並不衝突，世俗生活從來不是問題，對它的執著才是問題。假如你有 1000 公斤的黃金，但你並不執著於它，那沒有任何問題；假如你有一塊餅乾，但你的注意力都在如何守住它、不失去它，那即使只是一塊餅乾，也是個很大的問題，因為你太執著。」

在我的認知裡，所有的宗教也是哲學思想，是哲學的組成部分。所以無論一個人是否有信仰，或者有什麼樣的信仰，任何有價值的哲學思想都是值得去學習和借鑑的。

有時候我們看似還挺欣賞自己的「執著」，但是那恐怕是自己沒有認清楚「執著」與「堅持」的區別所在。我們只是執著的喜歡自己，而不是喜歡自己的執著。

我們每個人都對自己有著「謎之自信」與「著迷」的地方，我們會放大自己的「特點」，並且把這些「特點」努力解釋為「優點」，這個過程就是一件極其有趣的事情。

無論我們如何進行複雜的自我運作，我們確實都應該喜歡自己。學會喜歡自己，才能更包容和更寬廣的接受別人，愛自己、愛別人。

當然，如果我們同時也能看到哪些是自己的執著，哪些是自己的堅持，那麼自然可以更加進退有度、雲淡風輕。

善事若有貪名心，亦恐為真善

　　一個人的思維意識和觀念，是多年受教育、經歷、閱歷共同累積形成的結果，所以不要指望你的三言兩語就能輕易改變別人對事物的認知和理解。絕大多數試圖說服別人的行為都是以卵擊石，都是徒勞的，只會令別人心生厭煩。與人交流時，只要清楚表達自己的觀點即可，求同存異才是君子之交。

　　所以說服別人變成了一件極其艱難的事情，有時候說了好幾遍，對方還是站在他的角度考慮，不願意換位思考，更甚者醜化你的行為，扭曲你的心思，那麼你真是束手無策，這個時候，你能做的就是閉上嘴走開。

　　因為每個人都要學習，要接受自己被別人誤解和損傷，在這個痛苦的過程中成長，一次沒有問題，兩次就要自省，三次就要反思，如果還有四次以上，那麼就真是自己的問題嚴重了，總不能總在一個坑裡摔無數次。

　　記得有一年，A的父親在重症病房治療，突發性的疾病，讓一家人都沒有心理準備，在治療過程中發現內臟有一個陰影，醫生自然就往最壞的結果去考慮。A是個很孝順的女兒，恨不得能代父受難，那日和汐在微信裡談及這事：

　　A：「老師，這個劫難可不可以轉移？給我來代受？」

　　汐：「不可以！每個人都是獨立的因果，什麼叫『自作自受』、『自求多福』，這個不是詛咒，是真實的。」

　　A：「我明白，我爸長期憂思過度、焦慮不安，我也經常勸

他沒有必要為別人的事情整日揪心不已。他很愛幫助親戚朋友們，看到他們的一些事情，總是出言相勸，但是很多人後來不但不領情，還背後抱怨連連，因為他給別人很多建議，別人並不願意聽取意見和建議，結果他就自己弄得心情很不好。情緒對身體的影響是極其明顯的，我對父親說，我作為女兒勸你不要為這些事情上火動氣，你都不能聽進去勸告，那麼你去跟別人建議的事情，又有幾人能聽呢？他們不聽也不一定代表他們不對啊！」

汐：「的確如此，比如很多人以為自己做了很多好的事情，但是其實別人內心並不領情，可能還對此有怨言，那麼這個福分就積累的很尷尬。

「比如你父親經常為親戚朋友著想，做很多自己掏腰包、掏心肝的事情，希望事情往好的方向走，但是別人不領情或者有怨言，那麼有時候就是功過相抵。因為做善事本身有功，但是別人的怨氣就是業力，有時候業力比功還大。最後可能你覺得幫了人，結果並不是你想像的那樣。

「你父親認為做了善行幫助別人，其實別人卻有諸多不滿和怨氣，可能有些也是合情合理，但是礙於各種原因也沒有說出來。但是情緒就那麼擠壓著，總有冷言相對的日子，那麼可能雙方都覺得受了傷害。

「如果行善別人不喜歡，那麼就是自己的行為有問題，方法有問題，說話有問題，而不是那顆初心有問題。但是光有初心沒有問題是沒用的，這就是絕大多數人不知道的事情。然後因種下了，果就不遠了。因果不是那麼膚淺的種瓜得瓜、種豆得

豆而已。

「不是說不要去行善，善有很多種，看到垃圾在地上就撿起來，看到別人東西掉了就撿起來還給別人，這些都是善，不是只有站在自己的認知，甚至帶著救世主的心態去幫助別人才是善，這樣的心態導致的行為往往背離了善。真正的善付出是不求回報的，如果你做了點事情，就期望別人感恩銘記或者言聽計從，這些都是違背了真正的善，這也是一種索求。」

很多人會覺得自己的一片善心被辜負，被同事、朋友、親人、陌生人都辜負過。不要怨自己太過善良，導致了深陷其中，更無需自怨自艾、怨天尤人，亦無需怪自己一片初心錯付，看錯了人，導致靡不有初、鮮克有終。其實善心被辜負只有一個原因：善良不是被傷害的理由，沒有足夠的智慧和內心不夠強大，才是被傷害的真正原因。

大多數人都是一邊積福一邊漏福，到最後，恐怕也沒剩下多少。

當初初心是好的，也努力去做，就期望獲得好的結果、好的回饋、好的回報，但是往往事與願違，於是就陷入了苦，求不得之苦，這是因為很多善事帶著貪圖名之心。名利名利，名在利前，求名比求利更可怕。

身邊有些人雖然行善，但是他對人好就處處告訴別人，救濟別人也告訴其他人，扶助孤兒貧窮學生也告訴很多人，朋友有難、組織有問題也慷慨解囊，事後周遭的人都知道他做了這些事情，總是恨不得大家都誇他是大善人，每次都告訴別人：「我不求什麼。」這真的是不求嗎？如果不求這個名，何必要搞得

眾人皆知，那麼他求的就是名，只不過拿錢去換名，這樣的善行是要打很大折扣的，因為這就不再是發自內心、不求回報、自己不宣揚的真善。這是人人都會遇到的坎，也是人人都要修行的部分。

《大般涅槃經》有云：「何等名為求不得苦？求不得苦復有二種：一者所悕望處求不能得，二者多役功力不得果報。如是則名求不得苦。」

第七輯

我所擁有的，都只是行過，不是終點

韶光如夢

　　我們在人生的旅途中，總會遇到陪我們走過一段時光的人，尤其是在愛情的路上，沒有一個人能夠自始至終陪伴我們，因為在人生之中，唯一能夠陪我們走過完整人生的，只有我們自己。

　　所以，我們要更愛自己一點。

　　這種愛，不是拚命滿足自己的欲望，而是知道該如何修行，如何應對時間的風霜劍雨。

　　暫不要說，女人自己都不疼愛自己，又指望誰來疼愛，就單說在人生中，忘記把更多的愛給自己的女人，大都會在人生中感受無奈與孤獨，多過美好與幸福。

　　我們愛自己，不是放縱，不是肆無忌憚，而是在生活中多一份自信、多一些勇氣去面對未知的明天和命運。

　　多少女人把自己無私的奉獻給了家庭，無私的將感情一股腦兒給了婚姻裡的男人，無怨無悔的付出，卻又有多少女人得到了相對的回報？在為了他生兒育女之後，又要放棄自己的事業，然後人生突然就狹窄了，變成了孩子、丈夫、灶臺。

　　此時的女人，開始慢慢變成了令她丈夫所陌生的女人，不再美麗、不再可愛，取而代之的是暗淡的神情與沒完沒了的嘮叨。

　　但是，這樣的女人一說起來就是自己「為了家付出很多」，如果日子平淡的過著還好，頂多是些嘮叨。一旦丈夫有任何出

軌行徑，不是先看著鏡子反思自己的過失，而是歇斯底里的抱怨著自己所有的委屈，既然早已覺得委屈，又何必如此折磨自己。

相反的，我們看一看在婚姻裡即便再辛苦也不拋棄自己事業的女人，她們一樣為了家、為了孩子付出很多，下了班回到家一樣要照顧孩子。可因為疼愛自己更多一點，捨不得讓自己脫離社會，就守住了自己的事業，或許這份事業很小，但對她而言卻很重要。

她們不忘在平淡枯燥的日子裡自尋樂趣，不忘將自己打扮得清爽得體。因為有事業所以經濟獨立，就沒有那麼多無用的嘮叨，反而還是會繼續自己作為女人的撒嬌和可愛。

同樣是為家庭付出的女人，成全了自己的女人總要幸福多一點，總想著成全自己的那個女人，也會成全自己完整而美好的婚姻。女人最需要疼愛的就是自己，有句話說得好，自己都不愛自己，又能指望誰能來愛你？

一生很短，在短暫的人生中，總會遇到一、兩個讓自己心儀的男子，總會有一段令自己刻骨銘心的愛情，也總會有一場從浪漫到平淡的婚姻。

如果一直以愛他為主，而忘記了要愛自己，那麼，心儀的男子會離你而去，浪漫的愛情也會變得味同嚼蠟。至於婚姻，都忘了愛自己的女人，在婚姻裡只是一個免費的傭人。

我們看過太多讓人驚心動魄的案例，黃臉婆的故事不是危言聳聽，女人最怕的，就是在時間的流逝中讓自己也跟著埋葬。聽過有的女人覺得自己為他、為家付出那麼多，結果還是被背

叛的故事，然而，只聽故事不見人時總會對女人萬分憐憫，對男人恨得咬牙切齒；但是，看到陳述著自己不幸的女人時，那種萬分憐憫竟然也會變成兩個字「活該」。

　　不要用愛他的名義隨意的踐踏自己那份驕傲，學會愛自己的女人，才值得為別人所愛。

相輔相成的真善美

這人世間的事情，沒有什麼公平一說，總會有所傾斜，有所偏離。如果選擇包容，就要坦然面對沒有回報的結果；如果一心付出，就不要去計算何時才能得到回報。因為付出與回報不是平等的，尤其是在感情上，付出的時候感到快樂，這就算是最好的回報了。

真正能做到，有恩於人卻不念、有善於人卻不想，這樣的人才能感覺到快樂，因為忽略了付出的艱辛，就不會對回報有所期盼。

我們做人做事都不能太看重別人對我們的看法，活著本身就是在矛盾中前行。一方面，我們不要太把別人當回事，因為看重別人就會忽略了自己的存在；另一方面，我們不要太把自己當回事，認為自己過分重要，就會虛榮、膨脹，最後迷失自我。

我們現在所經歷的一切，等到過去之後再看，也不過爾爾，曾經覺得難以跨過的鴻溝，如今想來也不過如此，所以，沒有什麼能夠抵擋我們的人生。但是，自在的我們也不能夠隨心所欲，不能夠隨意的埋怨，更不能夠無視別人的感受，我們不看輕自己，也不能輕看了別人。

喜歡在清閒的時光裡獨自待著，聽歌、寫文字，把所有生活裡的瑣碎都記在紙上，把所有喜怒哀樂都寫在本上，記錄自己的生活。人生是漫長而滄桑的，誰都不能保證一生之中從無遺

憾，因為輾轉的歲月中，做到最好的自己是很難得一件事情。

我們都有深藏在內心的一段記憶，或許是童年的天真，或許是花季的懵懂，一段段刻骨銘心的故事，鋪滿了人生的路途。

誰的這一生沒有笑過、哭過、痛過、累過，所有的得到與失去最終成為回憶，當年跨不過去的坎兒也變成了最輕易邁過的臺階。歲月裡幾多磨合，人生中時光荏苒，我們應該感慨卻不應該感歎。

紅塵中，那些路過我們世界的過客，那個與自己相伴的路人，那些聽過看過的故事，都成了生命中的記號，在某時某刻，我們用來懷念。懷念固然重要，但是將剩餘的時光珍惜，將未完的生命珍愛，才是最應該做的事情。

再好的女子都抵不過似水的流年，再美妙的愛情都將成為過往雲煙，人生沉浮，如繁花似煙火，悠悠歲月裡我們能做的，就是保持著那份安靜與恬然，淡淡的親歷著我們每一段時光。在重與輕之間，接受真實的我們，才是我們應該具有的態度。

每一段時光，都應該親歷

我們每個人，每時每刻都在經歷分別。

在事實面前不要表現出任何怯懦，面對心中的悲痛，分別是對精神上的打擊，每一個人不可能無動於衷。就算是盡力去處理好離婚的所有事情，乾淨的與那個人撇清關係，但是，這段逝去的感情還是需要花時間去悼念。

不要覺得自己結束了一段婚姻就可以開始新的生活，不會的，那種滲透到身心的點滴，會讓人在某一段時間內痛苦萬分，越急於掩飾越會痛徹入骨。我們需要的是面對，不要一味否認、回避自己受到的傷害。

這個時候，我們需要朋友和家人的陪伴，不要讓自己孤單的一個人承受，度過艱難的日子需要有人一起哭、一起笑，聽你發牢騷，聽你說著不著邊際的氣話，而這些也有利於早早走出離婚的痛苦。

最後就是要告訴自己，一切都結束了，無論多麼留戀，多麼不捨，這段婚姻已經走到了盡頭，不要再沉溺在悲痛之中，不要再把自己有限的人生浪費在上一段糟糕的感情之中。堅強的告訴自己，以後的人生需要自己努力，以後的人生或許還會有個人陪，但絕對不是離開的那一位。

再見，曾經選錯的人；面對，重拾勇氣的自己；等待，那個總會遇到的正確的人。

眼淚是唯一的解藥

　　幾個月前，我讀到了徐皓峰的《大日壇城》。

　　其實，一切處在優雅與瘋癲邊緣的人格，都對我有一種致命的吸引力。

　　因為在正常人的眼中，超常的才華本身就是一種病態。一個人的瘋癲程度，實際上代表著他在技術上的縱深程度，當這種縱深與現實碰撞時，總是會擦出一道道血痕。這種人是上帝的寵兒，也是上帝的棄兒，他們是冰與火的結合體，對理想冰冷的愛著，對現實又滾燙的恨著，但這愛恨又是一體的，皆因他對這個世界過於認真。

　　徐浩峰在他的每個故事裡，都在歌頌著舊的禮儀和精神氣。這種舊禮儀越美好，現實面對著的這個世界就越汙濁。當他在舊的禮儀與舊的制度之中，塑造了一個屬於他自己的美好理想國，並用這個理想國裡的一切來衡量當下的群體，得到的大部分答案都是否定的。當一個真正的理想主義者，面對這個真實的世界裡面的某些東西，必然會被真實所傷。

　　我一直認為文學是天然反勵志的東西，因為極致的文學審美，必然會剝離這個世界那種假大空的高貴，呈現出某種戲劇化的黑色幽默，與真實必然具備的那種蒼涼底色。

　　在這裡似乎有一種無法掙脫的、宿命感的鐵律。張棗曾經在他的隨筆集中提過一筆，在他採訪俄羅斯大師時，大師說，在

這個世界上，一個小孩子都能懂政治，因為他知道在學校應該說什麼話，在家裡應該說什麼話。

這樣的政治變色，是我們在世俗中領悟到關於如何自我保護的鐵律。而真正理想主義化的藝術是忘我的，超越了一切世俗、道德、定見，建構了一個比真實更真實的規則。

這有點像張宏杰在《大明王朝的七張面孔》裡寫的海瑞，懷抱理想者，世俗裡那種類似於符號式的宏大與運行規則，已經和他們完全產生了共鳴，這些人被一種狂熱的情緒驅動，完全放棄自己作為一個人的正常屬性時，這樣的奉獻和犧牲，也因而有了某些哲學意味。這樣在常人眼中的愚蠢，也帶著某種近乎神性的閃光。

如果說張愛玲在書裡盡可能模擬了人性某種卑劣狡猾的隱祕狀態，那真正天才式的痛而不恨，就是也絕不會回避自己身上這些和同類相似的卑劣與狡猾，她不會把自己與人群割裂。天才們被世俗磨疼的地方，在於她們從來都不回避這種痛苦，而世人領悟和世人需要的哲學，大半都是實用的功利主義。

世俗的觀點本質上都是利己的，大部分人都會回避這種真實的痛苦，把世俗情感關係經營成一種不喪失自我的前提下的互惠互利的契約關係。但追逐理想的本質，是主動迎接痛，並把這種痛深化成一種神性的理念。

世人羨慕天才，但又遠離天才，因為大部分人對於影響到自己精神與物質真正利益時，都會想辦法用理智驅逐情緒，將自己與這樣的痛苦割裂，但對自我的強調，其實已經背離了擁抱理想的本義，它變成了一種人和規則的權力鬥爭，一種形而上

的智慧。

天才化的過程，卻需要用強烈的信仰，去對抗這樣幾乎本能化的自我保護，他們勇敢到極致又孤獨到極致。面對這個世俗世界時，他們像是觀眾，但能在每一個看似庸俗的情境裡，深入領悟到那和機器一般生活的人所不能感知到的，永恆的荒誕帶來的痛苦，帶來的極致孤獨，和真實背後的深情帶來的蒼涼感和幾乎宿命般的結局。但即使終於會面對這樣的結局，他們也不會回避，在命運的犬牙交錯中，帶著宿命感的主動和被動，最終走向了普世價值觀的對立面。

我想，這是為什麼在《大日壇城》裡，當索寶閣創立了那個帶著那個黑色幽默意味的宗教時，俞上泉會被她引領，他會和別人說：「雖然我也知道這很可笑，當我唸著那些口號時，我真的感覺自己的痛苦少了很多。」

對自我的拋棄，把自己完全融入到別的東西當中，其實就是為了抵抗人自出生以來的永恆孤獨。他終於明白，如果世人最後的結局都是如此麻木的死去，他們甚至領悟不到這種孤獨和痛苦時，自己就不是那麼可憐可悲的。因為他的孤獨有一個更大的孤獨陪伴，他的虛無有一個更恆常的虛無襯底，而痛苦就是對抗孤獨最好的解藥。

當他比世人更深一層領悟到這個東西時，他對命運的安排就少了很多憤怒。他一直以來對抗的才華，也就不再成為他的束縛。那些荒誕的對抗，幾乎每隔一段就會發生，這是他把自己天才內化成自己的一部分後，用自己世俗的連接與毀天滅地的才華在進行對抗。但在這樣彼此消解的過程裡，賦予了一個

天才的掙扎某些真實生活的底色，也賦予了這本書一種真正的「逼格」。

拿一切當煙火放掉

前不久「粉」上一個人。

有一天晚上睡不著，忽然心血來潮，一則一則翻看她的微博，看到有人留言：「在大家還沒喜歡上你的時候，我就注意你了，現在看到你的粉絲一下子增加了這麼多，忽然有點不開心，像是自己珍藏的東西忽然攤在陽光下，成了所有人都覬覦的珍寶一般。」

看到這裡心念一動。我認識她差不多也有十年了，斷斷續續關注過很久。一開始覺得她不是我的菜，中間有一段時間很喜歡，幾乎快要當成偶像一般，天天看她的生活隨記，樂莫樂兮新相知。

那時候，就算再怎麼不以宿命論為然，亦感到一團喜悅，想著這個人與我這般契合，倒像前生便熟悉似的，莫非是上天特意賜給我的嗎？

後來資訊爆炸了，各類思想、資訊、書籍、工作和日常煩惱，一股腦兒的充斥生活，想像中的她就漸漸遠離了些。

爾後她私人的喟歎、情緒和悲喜不太能感動我，精神世界快要分手的時候，又驟然失去了聯繫。

當然，並非她寫得不好，而是那時候她的措辭、情感和表達方式已經不能讓我產生同理心，只能如一個觀眾一般置身事外。大約人生中的事情，在每個階段都是約定好的，有些註定要發生的事情，不經意間就會有些預兆。

這個世界，有些地方有過我的青春，我因這個緣故非常的眷戀，但我始終想要更廣闊的精神王國。

在當時自覺情意真摯，恨不得將逝去的時光都攬回囊中，然而竟真有仁人君子能夠揭榜，找得回走失的孩子──這會兒又猶豫要不要欺身上前。

就像那留言說的：「現在大家都喜歡上你的時候，忽然有點不開心。」就像愛惜了許久的璀璨珍寶，有了耀眼的光華，想要掙脫她的懷抱，去向更廣闊的世界。

有一天晚上做夢，夢見身邊的朋友一個個離開我，大約這和性格也有一定的關係，是因為那些無法磨合的瑣碎，或是雞毛蒜皮的日常，這些都是人力有所不逮的地方，無從挽救。

睡醒了趕緊看看朋友們的電話，確認還能接通，自己的語氣就先放低了幾分。可見人一邊挑剔，一邊又害怕寂寞。

一個人的風格，彷彿也確定了她會碰見什麼樣的人。我們會遇到各式各樣的人，但是選擇的方向與留住的能力，確定了我們的未來。我不是穩健的人，我不想一輩子說和煦的假話，最終無法接受這些苟且的美滿。

上週六晚上，一個老朋友打電話給我時，我正在翻張愛玲的《同學少年都不賤》，趙玨寫信給恩娟，客客氣氣的用了兩個字──愉快。

我彷彿看見她和炎櫻的一些日日夜夜，在時間和事件之中漸漸變成了昨日煙雲，最後什麼也不能再說，也不必再說，只能在彼此心知肚明的情境下，將生活的現狀寫作寥寥數語，用一句「愉快」做喑啞般的註腳，更像是一種無言告別，爾後就再

無聯繫。

老朋友回覆我：「原來太陽底下無新鮮事是真的。」

為什麼對她和對別人不一樣？老實說她也沒存心和別人不一樣。在起初她還以為是別人和自己不一樣，但「別人」的數量太大了，所以在文章的最後，她寫著：「那雲泥之感，還是當頭一棒，夠她受的。」

一秒鐘就不愛的本領

朋友閨密的老公出軌，始終不能和對方了斷。

朋友安慰閨密，如果實在不行，乾脆算了，也好過現在這般為情自苦。問她是不是現在還放不下，還對對方抱有什麼幻想？她坦言說自己不會拿好聽的話騙對方，即使當下生氣，狠心也是片刻，他回頭求一番便又心軟了。

朋友回來和我講起這件事，最後，又說了一句：「說真的，我體會不到這種感覺，如果一個男人不愛我了，我用不到一秒鐘就不愛他了。」

想起一句不算稱讚的稱讚：「你的忘性可真大！都不知道自己忘記了。」

「不知道自己忘記了」是神的旨意。

但是又能怎樣呢？每個人的日子，千萬人過了，還有千萬人要過。

當人跋涉於幽暗混沌，對伸手不見五指者會產生一種同病相憐的感情，不自覺代入，替之辯護說，並非作惡，而僅僅是軟弱。當人掙身出來，在光明的處所，則不免居高臨下，好了傷疤忘了痛，容易有種種恨其不爭的批判。但這也還是好的，會記得自己也曾經一頭包，做過不甚光彩的事。

可怕的是以完璧之矜自喜的人。

不認為自己有行差踏錯的可能性。

太由著性子來了，不斷的持續刺激，抬高了欲望的觸發點。

欲不可縱，這項教訓我一直以為是德行教訓。

不曾曉得它的苦心孤詣。

放縱欲望，瞬間確是得到滿足了，然而滿足感作為一種薄幸的感覺，稍縱即逝。之後用同樣的方法，便一次比一次更難以滿足。

如同海盜船劫掠歸來。

物資較出發時漲了十倍。

情欲之於人亦是如此，總是在嘗試試探底線。

最好的辦法就是完全沒有期待，然後，每一種得到，都是恩賜。

那些慰藉心靈的毒雞湯，不看也罷。這幾天聽很多人說：「你若無心我便休。」真的這樣瀟灑，這世界就美了。

我都是為了你

去年歲末的時候曾說，不停的寫那些重複的文字，已不想再咀嚼那些已經無感的情緒。

而文字一旦沒有了情緒，只剩下痛苦，就再也缺乏鮮活動人的生命力。

其實也不盡然，人總愛用一些藉口去掩飾真正的原因。三番兩次拿起書，卻沒有再讀它們的欲望。

不看書，並不是不接受知識，只是不像以往那樣帶著目的性，故而輕鬆了許多，進步亦小了許多。

但凡有著含金量的技能成分，總要從痛苦之中才能慢慢蛻變出來。

這世界從開天闢地之始，有些事就不存在捷徑。

有時候對人對事亦是如此。

不願輕易付出，並非是我沒有，而是覺悟了世上並無「不求回報」這回事。

對文字也是一樣，既然文字本身寄託了強烈的愛憎喜怒，又焉能不想被人肯定。

不然，何來眾人都說，我不求稿費，只要發表就行。其背後的潛臺詞就是發表了能被更多的人看見，在更廣闊的受眾中產生共鳴。

蠟燭型的主婦為家庭心甘情願操勞，孝孝慈慈，直熬得自己成灰淚始乾，然而那一心期盼的未來並沒有來，無人還報她巨

大的深情，驀然回首，這一生是為了什麼？這種失衡的心理，會使她產生自私女子身上很難見到的崩潰。

只不過始終不能明白這其中的關聯，越缺失越難過，越難過便越渴望從他人身上獲得，搞得眾人傷痕累累，身心疲憊。

「付出」的是你的超我，而人的天性皆己，這是逆天的行為。你對自己種種苛刻，身心統統替你記著賬。

但當我們有所愛的時候，付出是一種強烈的喜悅。若受者按捺著你的熱情，不允許你付出，你還會焦躁難安。此時此刻，你確乎認定是不求回報的。哪裡要什麼呢？只要暢快我自己那就好了。

《胭脂扣》裡，真的很難指責十二少，他不是不愛如花，為了她，與父母反目，離家出走，世家子弟當了戲子，吃種種瑣碎的苦；最後，雖然懼怕，仍然吞服了鴉片殉情。幾人能夠？

但在如花的歌詞裡：「負情是你的名字」，他被定義為一個負心人，只因被救活後沒有再死一次。

她付出太多，多到以命相抵。命都可以不要，她還要什麼？她要同等量的愛。

付出的危險在於它會相對提高標準。

我曾把我心愛的一些東西陸續送給一個朋友，本來不甚惜物，過眼即雲煙，所以贈出後，看她滿面笑容，也頗覺愉快，哪裡會要她回贈這麼俗氣呢？之後便忘卻了。

若干日子以後，她語氣冷淡，我頓時不爽，心裡想的是：「我沒有待錯她呀！」一時之間，竟有點不能忍的樣子，原來我還是那麼算計。試想，人人都有喜怒之權利，保留搭理人或者不

搭理的自由，換作從前，和和氣氣分散也罷了。

另外，我也曾對人好過，十分照顧；但當我生病時，她卻對我不聞不問，我心裡一樣很傷心。中學時有一好友，因為關係太近，日後慢慢散了，當時覺得極難適應，很痛苦，因為信任和期許被破壞了。

若是沒有前半段，我們成年人擁抱孤獨，必須獨立堅強，必須自求多福不是再正常不過了嗎？

情像火灼般熱，怎燒一生一世。

付出的副作用還在於，任何人都是會被耗竭的，而斷頓了的受惠方，落空之後看你比一開始還不如。

不存在完全不需要互動的情感關係。

通常情況下，我發資訊，如果一次沒有回覆，我便不會再發了。

其實應該更正為「一次沒有及時回覆」。

有時候人就是這樣毫無道理，但是也不打算改。

承認吧！誰也不曾高尚到無欲無求的地步，只不過有時候頂柔和的那種感情，加上節操與智慧，會使欲求顯出空靈的質地，讓人誤以為它是月光一樣，永遠不必返照，永遠不會完。

而世人多的是種種情感綁架，慎於施，慎於索取，是一種自保。

己所不欲勿施於人，意即，你不想付出就別付出。我想，孔子真是看透了人心。

人生天地間，忽如遠行客

　　王國維先生曾經說，悲劇有三重境界。

　　第一重境界是有一個大壞蛋，他害死了很多人，然後好人們聚集在一起，藉由各種反抗鬥爭，最後好人大獲全勝，或者是好人沒有大獲全勝，死了一些。《琅琊榜》應是此類的典型，夏江謝玉之流，很完美的扮演了壞人角色。

　　第二重境界，是一個人因為命運的衝擊或者生活的變故，不得不做出種種無奈的選擇，或者忘情棄愛，或者走向初衷的反面。

　　第三種就是《紅樓夢》的境界，你找不到一個壞人，也許你討厭某個人的某些行徑，但是從他的角度來說，只不過是過了自己的普通生活，爭取自己的既有利益。

　　但是這些人一起造就了一個局勢，正是這個局勢導致整體家國命運日益顛覆。人依附於制度，制度卻又傷害人，就這樣不可逆轉的緩慢走向滅亡。魯迅先生曾說，悲劇是把美好的東西撕毀給人看，而寫作境界的高低，就在於如何描繪這個毀滅的過程。

　　電影《刺客聶隱娘》是以晚唐的藩鎮割據為背景，我曾經嚮往的絢麗繁華的大唐帝國已日趨黃昏，魏博逐漸與朝廷呈分庭抗禮之勢。帝國雖然尚在支撐，卻逐漸有了日薄西山之態，所以電影想呈現的景色「半江瑟瑟半江紅」、「平林漠漠煙如織」，本身就帶著一種傷感和蒼涼的意味。

觀影的人都知道大唐結局，局中人卻不明白自己日後的歸處。我在隋唐史和《明朝那些事》中體悟到的最大感觸，即是歷史是由人所組成的，每個人都在局勢的洪流和歷史的洪流之中堅守或是抗爭，因為處在他們的立場上，每個人最初的動機就是治國安邦平天下，可是制度的協調，個性的差異，還有事物發展的各種事態，朋友間那種種微妙的區別，造成最後分道揚鑣，政敵相互打擊，和間或穿插著那些歷史的偶然性，讓整個王朝如同一幅人性化的畫卷一般，在今人面前徐徐展開。

　　導演本身並非是為了講好一個故事，他是希望把每一個觀眾都帶到他所呈現的關於古典中國的感受和體驗之中。這其中有唐朝傳奇本身的奇詭與絢麗，大唐的絢麗與普通，色彩的濃烈與寡淡，人性的無奈與堅守。

　　在電影中，舒淇總是冷著一張臉，卻仍然有著一些細微的表情變化，在她傾訴青鸞舞鏡的時候，她其實傾訴的是自己，是她的孤寂，眾人對她的疏離與恐懼，她離開了人群，像割裂情感一樣割裂了自己的成長，背離著所有的人與事，為了自己心中一息尚存的類似於動物般的直覺。

　　這世界上的事，可以用很多種方式去述說，同樣的事件，截取幾個關鍵點，顛倒順序，誇大情感，便可描述成另外一番模樣，陰謀之所以是陰謀，就在於它常常顛倒因果，混淆是非，把結果和過程顛倒起來描述，把隨意的敷衍誇大成刻意的雕飾。

　　導演大概並不想講述一件事的前因後果，只想呈現出一個人快意恩仇和瀟灑來去的姿態。如果僅僅是描繪正義戰勝了邪

惡，加上一些精美的打鬥動作和刺殺的神祕感、緊張感，那這大概是金庸武俠片的效果，侯孝賢應該是想呈現出一種靈性孤寂的美感的。

孤獨是一種常態，這種情感只能在內心深處體悟，常常不能用肉眼呈現，不能用語言述說。

這是一種「不得不周旋於世俗」或是「眾人皆醉我獨醒」的痛苦，在人面臨選擇的時候尤其會被放大。把孤獨用「獨自」來呈現，真是最不孤獨的了，正如哈姆雷特中那個經典問題一樣：「to be or not to be.」這是一個問題。

叔本華也說過，人生就像鐘擺，在痛苦和無聊之中擺盪，一意孤行的選擇自我閹割或是成全孤勇，這些過程雖然很痛苦，都會達成一種平和，而世人的常態往往需要我們兩全，需要我們在自我閹割適應制度的同時，還要有一意孤行的勇氣。

馮友蘭在《中國哲學史》中提過，中國哲學要解決的終極問題就是出世和入世的問題。

如果將《刺客聶隱娘》和《兒女英雄傳》對比，同樣是女俠，同樣是快意恩仇，來去自如，沒有任何人世間賦予的是非對錯觀，一切只憑藉自己的喜好，那前者是成功，後者雖然前半部分（女俠大戰眾僧）的那一段讓我十分歡喜，可是後半段卻實在是太令人失望了。

江湖太大，廟堂很小。簷角瓦砌之上，高瞻遠矚，一覽無遺。有些愛，轟轟烈烈，生死契闊；有些情，溫婉含蓄，歷久越醇。

很多次想接近，卻兀自急去。剷除禍根，或可太平，卻點到為止，任由他去。

或許「十步殺一人，千里不留行」能換來彼刻一時的寧定，可是這些朝堂風雲的變幻，這些世人所賦予的責任，又有多少是不得不去執行的呢？

電影的最後部分，聶隱娘重遇白衣道姑嘉誠公主，師傅說她劍術已成，劍道未成，但是要到很久之後才明白，太執著於「道」，難道不是另一種「我執」嗎？

若是電影的本身是要說人性，亦可以在她與表哥的情感上略做文章，對曾經的戀人拔劍相向，她心中又是作何感想呢？

可惜電影之中，窈七只有幾個表情，不能錘辨她內心的悲喜，她放棄了刺殺，選擇離去，如同《白馬嘯西風》中最後李文秀的離去一樣，人還是那個人，情卻已成往昔，只能追憶。

她瀟灑的連孤獨都不必，只是翩然離去吧！內心太空虛，連孤獨也不能追上。只有近處曖曖遠人村，依依墟裡煙，還和來路一樣。

這就像初學文言文，不懂就一竅不通，破題後，懂得恍然大悟。

這也彷彿人生，知我者謂我心憂，不知我者謂我何求。

讀書誤我又一年

宮尾登美子寫《篤姬》的時候，開篇卻寫櫻島的雪。

這是冷靜又深刻的敘事方式。

後來《平家物語》的時候，人物加了十倍，群像下卻又有重重細節，每個都清晰可見。

張愛玲寫《我看蘇青》時寫過——晚煙裡，上海的邊疆微微起伏，雖沒有山也像是層巒疊障。我想到許多人的命運，連我在內的，有一種鬱鬱蒼蒼的身世之感。

只用幾句話，遣詞造句的天分便令人歎為觀止。

廖一梅寫《戀愛中的犀牛》，寫了一座荒唐的大鐘，講述了一大段關於物種的理論排比，穿插了一個荒誕的神話故事。

她寫愛情時說，相信我，上天會厚待那些勇敢的、堅強的、多情的人。

順從命運竟是這麼難嗎？我看大多數人自然而然也就這麼做了，只要人家幹什麼，你也幹什麼就行了。也有很多次我想要放棄了，但是它在我身體的某個地方留下了疼痛的感覺，一想到它會永遠在那兒隱隱作痛，一想到以後我看待一切的目光都會因為那一點疼痛而變得了無生氣，我就怕了。愛她，是我做過的最好的事情……

這是一個偏執狂和另一個偏執狂的故事，極端的愛都是在偏執中產生的。那些荒誕的情境，恰如其分的融合在熾熱又深刻的情感之中，讓人感同身受。

馬路和明明，還有犀牛，在愛情中都是魯莽的、帶著孩子氣的一廂情願。

這個話劇我看過一遍，劇本看過三遍。

有一段時間，每當我看見那句「黃昏是我一天當中視力最差的時候……」就覺得鼻子酸酸的。

這是戲劇的張力。

有人說，廖一梅的悲觀主義三部曲，不應該叫悲觀主義三部曲，應該叫實用主義三部曲，這是在最狂野的年齡噴薄而出的最好的情感，她說，就連她現在也寫不出這樣的句子了。

我看劇本的時候，是按照《柔軟》、《琥珀》、《戀愛中的犀牛》的順序讀的，和她創作的年分恰好相反，和戲劇表現的順序也正好相反。

後來她寫《悲觀主義的花朵》，也是深情又克制的教人如何躲避愛情的侵襲。

她說，你如果是個一輩子都快樂無憂的人，那你肯定是個膚淺的人。

只有悲傷才會令人深刻。

她寫的愛情荒誕的痛楚，卻不像安妮寶貝的小說那般怨婦似的喋喋不休。排比的矯情在戲劇中正好，當我看到這些的時候，常常有悲從中來的絕望，卻又不得不想到關於執著悲壯的美好。好的感情像是鴉片，讓人上癮卻半點也不想嘗試。

金宇澄寫《繁花》就更瑣碎了，竟然全部都是市井生活，幾乎沒有寫過什麼正經的主角，我先看了一遍，後來無聊的時候，便把這書隨便翻開一幀，這書並沒有什麼正經情節，

每一章都可以讀。比如他寫小琴說，我以前一直認為，人等於是一棵樹，以後曉得，其實人只是一片樹葉，到了秋天就落下來了，大概就找不到了。每一次我心裡不開心，想一想鄉下過年，想想上海朋友的聚會，就開心一點，因為眼睛一霎，大家總要散的，樹葉，總是要落下來。

這是通達的人生觀。

後來又寫歷史的大事，說是：這半年裡，滬生心情變壞，是家中發生了逆轉，起因是 1971 年一架飛機失事，數年後，牽連到滬生父母，雙雙隔離審查，隨後，拉德公寓立刻搬場。

這是自然而然的人生，除了參與其中的人，大部分人都扮演著旁觀者的角色，過著拉拉雜雜的人生，生是瑣碎，死了便只有靜默。

對於大歷史作冷處理，對於個人內心的複雜情感，《繁花》似乎也只從簡含蓄處理，只做外在行為或者語言上的描述，幾乎沒有內心獨白。作者是個旁觀者，好的壞的，芸芸眾生都是滄海一粟，轟轟烈烈或平平淡淡，都是一筆帶過，最終全部都要歸於沉寂。

這本書，這樣的腔調，喜歡它的人應該很喜歡，不喜歡的人應該是看不下去的。

作者後來自述道：

我覺得，真正的人生，就是這樣。我看過那麼多人的死亡，突發的，自然的狀態，結尾就該這樣。為什麼回避。人至最後便歸根本，從古到今，不可能另有答案。前天我一個朋友突然死掉了，人死前我沒見過哈哈大笑的，有尊嚴的離開還

算是幸運，因為重要的結尾到了。一朵花盛開就有枯萎，即便它變成乾燥花，和真花也是不一樣的。所以在這個問題上，沒法突破。人生死亡，必然是悲的。

他寫偷情，寫出軌，寫挖牆腳，寫偏執的人生，寫懷孕寫打架寫做媒寫被迫嫁人或娶妻，寫人間每時每刻都可能上演的事情，都是用一樣的語氣。

如胡蘭成般「把生活中的小事描繪的驚天動地」。

讀這本書時，我想，這是我看到的生而為人，我很抱歉這句話的最好注腳。

得到真正的幸福之前，每個人都是製造傷心的高手

先說三個關於愛情的故事，這三個故事都是源自《平家物語》。

其一是平氏家道中落之時，資盛離京之前，有一名常常與自己一同作歌的女子，他心中鍾愛她，卻也明瞭此刻兩人當是有緣無分了。他在一個傍晚時分騎了馬來與她告別，聽見她院中的絲竹之聲，默默的在門口站立，卻又不甘心就此離去。夕陽西下，他瞥見牆頭楓葉已被秋色染紅，遂摘了一片楓葉置於門前，以示自己曾經來過。

其二是都須磨的故事，這個故事版本源於遙遠的唐朝。故事說的是一名一直與母親相依為命的女子，她有一個表哥，長得十分威猛，為人又十分蠻橫，讓方圓數里內的人都對他感到恐懼。二人幼時一塊玩過，長大後就各自分散了。

這位表哥後來參了軍，打勝仗回來的時候，在街上瞥見了一位天仙一般的佳人，只是那一眼便讓他覺得如癡如醉，向旁人打聽，才知道原來這位佳人是自己幼時的表妹。他急忙忙跑到姨母家詢問表妹的事宜，卻不料多年不見，她早已將表妹嫁與他人。他一怒之下以姨母的性命為挾，要她立刻召回表妹。

姨母在淫威之下，只得無奈召回女兒。女兒聽說母親有急事，於是急匆匆趕回家來。聽母親說了此事，她也無法可想，因為此時她早已嫁人數年，夫妻之間琴瑟和鳴、情意深重，已立下生死相隨的誓言。

她在屋子裡思忖了很久，終於下定決心。出了門對表哥說，既然你如此鍾愛於我，不如先回家等候，晚間等丈夫回來之時，她會幫他沐髮更衣，待天黑之後，她會發出信號，等表哥進來，摸到頭髮濕濕者，便可一刀斬下他的頭來。

　　表哥聽聞這個計策十分開心，當下按捺了激動的心情，回家安然等候。

　　女子定下這個計策，心中卻十分悲傷。她當下默默的回到家，解開頭髮，用水緩緩擦過，待郎君下朝回來，又勸說他與自己換了床榻的位置。夜半時分，這位表哥靜靜的潛入女子家中，輕手輕腳進入女子的房間，摸到一頭濕漉漉的頭髮，頓時喜出望外，手起刀落，將此人的頭斬了下來。

　　屋外的眾人聽到痛呼，連忙趕到房中，見了這幅如此血腥殘暴的畫面，差點被嚇暈。

　　女子的丈夫醒來，看見這個場景，思前想後一番，頓時也明白了妻子的苦心，軟軟的癱在了床下，半天沒有言語。

　　這個故事的結局當是前人加上的美好願景，表哥後來幡然悔悟，丈夫也立志終身不娶，兩人都供養著這名女子貞烈善良的芳魂。

　　其三是平清盛初遇時子的時候，二人對弈，以外衣為賭注。時子贏了清盛，向他索要外衣。清盛十分惱怒，卻又不得不依照此前的要約，將外衣予與時子。他預備出門的時刻，時子又追上來，將外衣送還他。她說，作為暫借，等大人有了再送過來。

　　這樣狡點熱烈的女子，這樣的相遇，很有些浪漫的意味，放

在何處都能讓人察覺到人物之間交鋒的那種喜悅甜蜜。

只不過人的感情是複雜的，愛情故事概括不完。

擁著一堆有情懷的書，一霎間覺得富可敵國。看完了什麼，一時沉默一時興奮，打電話與人零零散散的說一些感懷的情致。

痛苦比快樂更令人知道靈魂的珍貴。

此前總覺得人要堅強，要獨立起來，必須要學會什麼也不信，可是遇事之後，發現有人商量著，有人伸出援手，覺得十分感動，似是意外收穫了。

深夜讀蕭紅的信，天賦才情的女子也遭到天妒，所以早夭。

寂寥有時候是一種福分，很多事在想像中是很不一樣的。蘭姆說過這樣的話，大意是，他捨不得把遭逢過的不幸取消掉，如果沒有發生那樣的事，沒遇到那樣的人，反而會覺得遺憾。

《牡丹亭》中說情不知其所起，一往而生不就是一場想像中的戀愛？所有的回憶有一種產生於反差的強烈甜意，這種甜意相當持久。只要那痛感夠深刻，就能一再嘗到回甘。普通的際遇都有無比的幸福感，倒是身在福中不知福了。

其實深愛一個人，不會自問：他能給我什麼？

因為愛已經是最好的東西。

但「被愛」不是。

被愛也不錯，但它遠不是最好的東西。

被「照顧」倒還具體些。一個人要麼有能力讓你愛他，心甘命抵，要麼有能力照顧你，這都很不壞。

有時候，深愛一個人，就如同提著天底下最貴重的行李旅

行，捨不得託付與人，又捨不得丟棄，只能這樣負重前行，怕碰壞，怕弄丟，而那些看不見的時刻，異常掛懷以至於寢食難安。

　　愛這件事，散了就是散了，離開了就是離開了，想不想得起，惦記不惦記，有沒有喜歡過，變成陌生人之後，彼此之間若不聯繫，就一點好處也沾不到了。因此，是否活在誰心裡，是否成為誰記憶裡那道風景，在心中不泛漣漪的時刻，都已經不重要了。

　　畢竟在得到真正的幸福之前，我們每個人都曾是製造傷心的高手。

凡塵俗事

　　少女時讀《神雕俠侶》時，總忘不了一個細節。中年的楊過遇到郭襄的一番際遇，兩人同去黑龍潭，郭襄在途中跌倒，半哭鬧半撒嬌的讓楊過拉她起來。

　　這應該是正常的小女兒情態。楊過本擬將她扶起來，可是轉念一想，就是因為自己少年時太過胡鬧，累得公孫綠萼身死，程瑛、陸無雙一世傷心，遂用袖子將她拂起來，不曾拉她的手。

　　當然，被郭芙砍了胳膊，一半也有他自己的原因。性格造就了命運的悲劇，若不曾因為風乍起，也不會吹皺那一池春水。

　　當時不明白，尋常看過了就看過了。

　　回過頭來再走一番，楊過還是會如此，比如和女孩子之間的無心調笑，對郭芙的出言輕薄等等，那時候只覺得好玩，不覺得自己在做什麼。武俠小說之中有很多俠骨柔情的描寫，很多刀光劍影之中產生的男女情感，皆是因為彼此情難自禁。

　　譬如鳳歌的《崑崙》之中，寫到柳鶯鶯開鎖的時候，男主角梁蕭站在他身後，感覺到她的長髮拂動在自己的脖頸之間，聞到她身上的香味，忍不住就有些心猿意馬。

　　再如後知後覺之如胡斐之流，善良退讓如張無忌之流，也忍不住想坐享齊人之福。可見作者們都是有點功夫的，深刻洞見了男人的本能和人性格之中的不可抗力因素。

　　當然，我這樣說，不是因為我是個宿命論者，這樣未免有些悲觀。也不能因為一個人一時閃過的念頭和他偶爾的錯誤，就

否定了他的大部分善良的本心，這個世界畢竟沒有「動機罪」、「意念罪」這樣的概念，處在七情六欲之中的人，大多數是不好不壞的，隨著外界情態的誘發來顯現自己的本質。

能完全克服本能而存在的人，大抵是不存在的。

所以，我認識了一個人，當他說，有時候並不是我想這樣做，尤其是有些善意的動機，不這樣做就會愧疚，性格如此，只能這般選擇，即使不符合另一個人的意願，不符合某些人為制定的世俗規矩，且不論結果如何，也只能由得它去了。因為不這樣做，就會背負心靈的枷鎖，日後想起來，總是難以釋懷。

姑且稱之為性格強迫症吧。當一個人本質是善的，就忍不住總做出善良的選擇——雖然不一定是對大家都好的，但一定是符合本心的。

相愛相知，產生依賴，慢慢搭建起信任，是一種感知之中的歸屬與獨占的感覺。因為本能之中就帶著對孤獨的深深恐懼，所以人們渴望著愛情、友情，深入的情感關係可以相對的沖淡孤獨——只是愛情若沒有轉化成婚姻這樣的契約，友情沒有相互促進的持久，這種只靠著感覺維繫著的無契約感知力，只要有一方失去了這種感覺，也就打破了這種關係，被剩下的那個人，會感覺到加倍的孤獨罷了。

這些微妙的情愫，都存在人的本能之中。我們的社會性，我從生開始就處在一個團體之中——所以完全獨立生存對本能之中對群體渴望來說已經不大可能。一個人長期處於與世隔絕的狀態下，思維能力，思考水準，語言能力都會相對的退化。

需要愛，渴望溫暖，貼近人群，幾乎已經成了我們無法消

弱的本能，所以每個人都要追求愛——這與獨立和堅強從不衝突，一個堅強的人，也需要溫暖，因為溫暖才是堅強的真正來源。正如白天和黑夜的交替，都是溫暖的來源。

這些，都是我們克服不了的與生俱來的本能。

女人更渴望依附男人，女人常常會要求男人，正是因為女性更類似於築巢動物，更需要物質資料，更需要安定的環境，來完成女性本能之中渴望繁衍後代的本能。所以，一旦感知到這種穩定性消失或是遇到其他資源的競爭者，就會被深深的傷害，甚至表現出一種歇斯底里的特質。

愛情關係，常常是一種矛盾關係，男女之間，常常存在著本能的對立。諸如楊過們，常常帶著他們所不能知道的征服本能——潛意識之中渴望更多的雌性圍繞，而女人，則渴望獨佔著每一個可能會維繫自己後半生的男人。

有人曾說，這個世界上的愛情，只有小半能破繭成蝶，大部分都變成了蛇蟲鼠蟻，難看死了。

是。凡塵之中大多情感故事的走向，就和所有相愛男女之間的普通的故事一樣。男人慢慢消退情欲，女人的感情卻日漸濃烈升溫。

這是一種不能達成一致的傷感。

諸如我朋友說的，性格如此，悖逆行事不大可能。也許別的方面能克制，比如為了讓人生順暢一些，可以學著行規蹈矩，暫且約束一些想要放縱的願望。

可是感情常常無法控制，因為這些東西夾帶在人的本能之中。女人們常常在愛中痛苦，這也是沒辦法的克制的悲傷，正

如一本書裡所說的，不愛，覺得沒有生的希望，愛，卻又常常覺得受傷。唯一可做的，就是徹底接受這矛盾，不斷克服，緩慢前行。

深情是一種美德

生活中太縱情縱欲，在文章中便會收斂得多，因為心中的積鬱與傷感都在另一處釋放了。

在陰沉沉的天氣中又一次拜訪寺廟，沿著蜿蜒的山路行走，微風中有入夏時樹木的清氣。路邊間或有行人側目，一路遠眺著起伏的群山，目的地總在遠處，引著人去追尋。方寸之地，中庭開了紅、白、粉三色的紫薇。繁花滿樹，地上落了一地的花瓣。襯著庭前荒草萋萋，石縫之中翠色斑駁，倒別有一番歲月荒涼的景致。

川端康成《伊豆的舞女》，便是他在修善寺留宿時的驚鴻一瞥。他自小父母雙亡，姐姐、祖父母亦隨後相繼故去。這樣的畸零人，冷眼處世，終生難離孤兒的本性。這一點充分體現在他與妻子的相處上，他一生少有溫情，寧可常年旅居，這是血液之中迫不得已的無奈吧！

寺中的寬鏡大師說，人的靈魂之中總帶著一種受虐和焦灼渴望。似乎追求痛苦和幸福都是我們與生俱來的願望。我想起了川端，1973 年在神奈川的逗子碼頭公寓飲瓦斯自殺，其妻秀子活到 95 歲高齡，只是一生沉默如故。與之相反的上田秋成，在妻子離世的時候寫著：「妻已化野地孤煙，何以在如此悲辛年月去我而去？」也許其中有一些文人的浪漫，但是這種鴛鴦失伴、孤寂的心境，真叫我感動。

沒有家庭溫暖的人很難再融入家庭，也少溫情，和人群接觸

會很不自在。無法相互理解的人安放在世俗的婚姻之中，更是一場無奈的悲慟。

在山上遇到了兩個剛畢業的大學生，應該是男女朋友，似是特意來此修行。女孩子一直纏著寬鏡辯論，我在一旁聽到這些混亂邏輯覺得心中很煩。沒有濡沐到多少智慧，只剩下一片莫名的焦灼。上次來此，行程匆忙，寬鏡師傅留我在此吃飯卻不曾有時間吃，這次倒像是專門為了吃飯而來。

午飯是般若堂中的素食，番茄、山藥、藕片、饅頭，還有玄米茶，另有一個本地的特色菜。這樣的食物，需要用閒散的心情咀嚼。

下山的時候因為一些小事略有不快。不知道為何，有時候明明知道改造對方是一種充滿了欺騙的妄念，卻總渴望著對方能夠理解，達成短暫的一致，照顧到彼此的情緒，混雜著偏執、自私、無奈、欲望、奉獻與占有，所有的智慧在這樣的時候都消解了，只剩下相互傷害。

許多事情，在回憶中看又不一樣了，連爭執也是。一對男女，正常的生活，總得要這些，日常瑣碎，相互關心，偶爾鬥嘴，在如流水般的日復一日之中，把彼此長在對方的生命之中。

往日的種種忽然湧上心頭，過去總覺得是老天設置的重重關卡，也時常覺得生命內核之中為了文字和理想，有些痛楚和無處釋放的難過，總想著依偎另一個人，取暖之後便可消解這一二分清冷，現在才明白，原來連痛苦都是自己所刻意追求的。

　　總在和過去做鬥爭，而不是向著未來看。未來再艱苦，總是可以努力、可以奮鬥，而過去卻是無可更改的，就因為這樣，才覺察到種種痛苦。

　　我總羞於將自己在愛中被灼傷的部分展示，也不曾用文字表述，這樣的疏離是在塵世之中總結出來的一套自我保護的方法。不論如何，這樣的年齡，糾纏於愛中，終究是一副不太瀟灑的姿態。人到中年，若還能去愛，這實在是一件幸事。

當你在愛中，註定就是要流淚

看到什麼事都喜歡用文藝的語言反應在大腦之中，已經成為了一種本能之中的習慣。

成年人的生活總是不易的。如果你覺得容易，是因為有人已經替代你承受了這份不易，要感恩。

週末做大掃除，有些舊物被搬走，還有一些新東西要加進來。大腦對變動的悲傷和恐慌比熟悉的情境要大很多，這是傷感的由來。但總會慢慢習慣新的生活，人的細胞七年會更換一次，每七年我們會變成另一個人。身邊很重要的人，愛人、朋友，在一兩年之前還是陌生人，命運並未安排我們的交集，固定的機緣巧合下才會相遇。

這些日常的文章，都隨手保存，要專心整理，似乎沒有這樣的耐心。和張充和說的一樣，寫文章有時候就像吐口水一樣，走一路丟一路，寫完了表達完了，心中的某些部分得到妥善的安放，就不會在意文章的去處和別人閱讀的感受了。有很多當初傾心相待的人，留在文章裡，後來散了，沒有一起走下去。

幸福的是，離開的人，待我很好；留下的人，待我更好。

我是個極容易被幸福感動人，但是每個這樣的人又懼怕幸福，很久之前，我讀到心理學的書才明白，無論我有多麼嚮往自由，對家庭和束縛不屑一顧，總是渴望逃離或是生活在別處，可是慈愛的溫暖始終讓我傷感、流淚。我內心的很多脆弱，都是因為欠缺這種慈愛而導致了遺憾、脆弱，在很多

事情來臨的時候都無法做到從容應對。

朋友說，我是個生活在經驗和規律之中的人，用過去愛中的傷害與震盪總結出保護自己的一套方法。這樣實在太難愛，要知道，幸福常常屬於那些天真單純、不明就裡的人們。我不果斷，害怕麻煩到別人，裡面常常帶著一種不安感。我是知道自己的，當作知己生動有趣，可是作為生活伴侶，倔強、敏感、極端、決絕，對感情要求很高，很難取悅，也把不到想要的那一段的脈。無法抵抗煩瑣日子的不停消蝕，鬱鬱寡歡格格不入，注重情懷，不注重實務。

所以我一邊接受著他人的好，一邊卻又受之有愧的感傷，總是帶著一種末日般的絕望──不敢太過沉迷，害怕這樣的信任關係隨時會被撤走，因為無常實在是個好詞，這個世界上的一切變故都可以用這個詞來安慰著自我。想著這個世界上有無常，亦可以向好的方向去期待了。

大家都是如此，被愛震盪，渴望著堅定不移的美好和彼此深沉的心意，想要毫無掛礙的信任和依賴另一個人，但是又害怕慢慢習慣於它，因為定時定量餵養的愛慢慢逝去的時候，會在心中帶出一道重重的疤痕。

正如我從來都不喜歡別人給我送花一樣，註定要枯萎的美，乾脆就從來不要得到。修行之後，慢慢懂得了天地間生老病死只是一種規律，刻意抵觸凋零帶來的傷感，其實也是毫無必要的。四面八方的風來時，我在此地，隨年月一道，自然枯榮即可。

而愛這件事，和《小王子》裡說的一樣，當你在愛中，註定

就是要流淚的呀！

　　她們在群組裡說，現在深情的人很少，幾乎已經難覓蹤跡。這樣的話讓我有些難過，不知道為何難過，但是其實也知道。始終用智慧生活的人令我很佩服，但是我明白我不能做到，因為我摒棄不了我生命中某些本能的熱情和衝動。

　　愛中那些固有的悲傷無法改變，唯一可以確定的是，我很感激，在歲月之中，那些與我傾心相待者。

　　這，大概就是紅塵悲歡的修行之中，我所得到的最大收穫。

李莎的生活隨想
以幸福為底色的人生

作　　　　者／李莎
內 頁 繪 圖／花步
封 面 攝 影／孫詩瑤
美 術 編 輯／孤獨船長工作室
責 任 編 輯／許典春
企畫選書人／賈俊國

總　編　輯／賈俊國
副 總 編 輯／蘇士尹
編　　　輯／高懿萩
行 銷 企 畫／張莉滎・廖可筠・蕭羽猜

發　行　人／何飛鵬
法 律 顧 問／元禾法律事務所王子文律師
出　　　　版／布克文化出版事業部
　　　　　　　臺北市中山區民生東路二段 141 號 8 樓
　　　　　　　電話：(02)2500-7008 傳真：(02)2502-7676
　　　　　　　Email：sbooker.service@cite.com.tw
發　　　　行／英屬蓋曼群島商家庭傳媒股份有限公司城邦分公司
　　　　　　　臺北市中山區民生東路二段 141 號 2 樓
　　　　　　　書虫客服服務專線：(02)2500-7718；2500-7719
　　　　　　　24 小時傳真專線：(02)2500-1990；2500-1991
　　　　　　　劃撥帳號：19863813；戶名：書虫股份有限公司
　　　　　　　讀者服務信箱：service@readingclub.com.tw
香港發行所／城邦（香港）出版集團有限公司
　　　　　　　香港灣仔駱克道 193 號東超商業中心 1 樓
　　　　　　　電話：+852-2508-6231 傳真：+852-2578-9337
　　　　　　　Email：hkcite@biznetvigator.com
馬新發行所／城邦（馬新）出版集團 Cité (M) Sdn. Bhd.
　　　　　　　41, Jalan Radin Anum, Bandar Baru Sri Petaling,
　　　　　　　57000 Kuala Lumpur, Malaysia
　　　　　　　電話：+603-9057-8822 傳真：+603-9057-6622
　　　　　　　Email：cite@cite.com.my
印　　　　刷／韋懋實業有限公司
初　　　　版／2020 年 1 月
售　　　　價／380 元
ＩＳＢＮ／978-986-5405-36-6

城邦讀書花園　布克文化
www.cite.com.tw　WWW.SBOOKER.COM.TW